U0164623

# 我的世紀

許榮輝　著

# 目錄

## 二十世紀九十年代



## 二十一世紀初



## 二十一世紀一十年代

# 香港社會變遷的個體旁注
## ——許榮輝《我的世紀》閱讀報告

蔡益懷

窮困、勞碌、疲憊、迷茫、焦慮……這是這本作品集的關鍵詞。

現實是一個無限多面的錐體，我們所居住的這個城市也不例外，有各種面相，不同的人從不同的角度可以看到不同的面貌和風景，作出千差萬別的解說、詮釋。《我的世紀》就是許榮輝從個人的經歷出發，以個人的視角，對香港這個都市的平民生活與時代變遷所作的個體敍述。作者以真實的筆觸，勾勒一幅幅歷史畫面，一如香港社會的「老照片」，展現出自六十年代以降不同時期的社會風貌與歷史嬗變。這部飽含舊時記憶與情感體驗的作品集，無疑是一部個人的「香港史」。作者不求對幾十年來的社會狀況、時代風雲作全景式的反映，只是以個人的眼光，作零散的、片斷的呈現，且作出個體的旁述。從中，我們可以看到一個個工廠女工勞碌、疲憊的身影，也可以看到一個社會在時代變局中的迷茫、焦慮與無力感。

作為一個曾經在社會的底層掙扎過的作家，許榮輝始終以一種在地的情懷，審視、回望香港的社會現實與人情世態，他的心是貼近弱者的。他的文字接地氣，有人間氣息，全無高高在上的「精英」意識，也無自命不凡的「自大」鼻息。這樣的作家，不顯山不露水，一向為我所尊重與欣賞。他沉潛於現實生活之中，靜默地觀察與思考，且對尋常人生作出個人化的表述。一如他在〈心情〉中所透露的創作心迹，在生命的沉澱物中發掘故事，提煉主題，紀錄曾經發生過的平凡小事，「最重要的是留下一點記憶」。由此，我們也就不難理解許氏的心性與創作路向了，他志在寫「一個真實的故事，一段小小的成長故事，小人物有血有淚的瑣事。」

通觀整個作品集，有兩大主調特別顯明，一是弱勢社群的悲歌，二是時代變遷的反芻。

## 一、弱勢社群的悲歌

紀錄六七十年代勞工苦況，是許榮輝小說的一大主題，也是他在香港文學創作群體中獨樹一幟的標誌性特色。也許正是得益於艱難歲月的人生經歷，許氏的創作一直保持着一種可貴的品質，即正視人間疾苦。所謂「文窮而後工」，大凡有出息的文學人，往往是承受過生活磨難的人，如狄更斯，如老舍。苦難淬礪了他們的心性，讓他們更有同情心，讓他們獨具慧眼，能夠從尋常人生中發現風景，寫出感人的故事。苦難，成了他們創作的壓艙石。在許榮輝的作品中，我也看到了這樣一些特質。

在描寫勞工生活的小說中，我特別欣賞〈父親遺下的傷痛〉和〈阿美〉這兩個作品。前者紀錄老一輩的艱辛，讓人看到一個母親所承受的人生傷痛。後者則直接反映勞工密集工業時代的工人苦況，如作品中所言：「生活在那個年代，捱生捱死的低下階層人，有種命若螞蟻的絕望感。一個人捱生捱死，唔憂做，但也只不過是搵兩餐，其他的就統統別指望了。」這個作品如實描述出工廠流水線的景況：「那時的工廠大廈，就為這種勞工密集工業而設計和建造，每層樓的面積很大，一排一排的生產線緊緊地擠着，一眼望去，幾乎是一望無際的密密麻麻的年輕女工在低頭苦幹，叫人想到了螞蟻的勞作。」這些作品與其說是「創作」，不說如是紀錄，是活生生的見證。作者以文字的形式為自己留下一份生命的備份，同時也為香港的時代風雲、社會嬗變，作出個體的備注。

這就是文學，來自於生活，來自於真切的生活體驗。文學就是生活的話說多了，成了老生常談，容易讓人麻木，甚至反感。然而，如果你真正領會了文學的本質，就會相信，離開了生活，文學甚麼都不是。空有華美文字而無生命體驗的文學，只是一件沒有肉身與靈魂的金鏤玉衣。當然，只有生活同樣是不夠的。生活的原礦還需要經過提煉，轉化成含有人生思考的經驗，才具備文學值。文學寫作就是「去蔽」，拂去表層的塵埃，讓生活的本相得以呈現，讓讀者看清生活的本來面目，看到人的天性與真實的生存狀況。許榮輝的作品就做到了這點，他讓我們看到了生活的真相。在他的筆下，有兩個人物形象都給我留下很深的印象，其一是母親，其二是阿美。

母親是全書中着墨最多的人物，除〈父親遺下的傷痛〉外，〈鼠〉與〈心情〉等作品，都對母親形象有不同程度的記敘與刻寫。通過這些作品，我們可以看到一個刻苦耐勞，又善良隱忍的女性形象。她只是「這座都市一名廉價勞工」，且看她在餅廠工作的情景：「機器像水庫決堤的堤壩，餅乾像瀉下的洪水，女工們終日與機器角力着，拼命把流瀉下來的餅乾裝進餅桶裏，但她們總是被洪水淹沒。即使是在寒冬，也是汗流浹背，很辛苦，但無數歲月就這樣悄悄流逝。」餅廠結業，她又進入大工廠，辛苦工作幾十年，直到工廠北遷，被社會所拋棄。她的一生似乎只有兩個字「痛苦」，「以前工作得太辛苦，就是痛苦了」，「以前的痛苦，造成了今天的病痛。從痛苦走向另一個痛苦，構成了一個人生。這是母親的人生。」這位母親固然只是一名普通的女工，但又豈是平凡如草芥的一員，她就是老一代移民、底層勞工的縮影，是艱難歲月苦難母親的象徵。

阿美是另一類打工女的象徵，從她的身上可以看到一代女工的生存處境。她在電子廠做科文，也許是沉淪下潦，又奮發無力的緣故吧，「整個人都顯得太隨便了，太無所謂了，隨便得叫人一下子感到她沒有甚麼可珍貴的東西」。她的臉「是疲累的，因為疲累而蒼白。又因為希望憑着一支煙而把滿臉的疲累支撐起來，滿臉的肌肉反而扭曲了。這種因為疲累而失控的肌肉，讓人一眼就看出了精神上一種徹底的崩潰。要命的是，這張面孔的主人，似乎對自己精神上的崩潰無所謂，或是恐怕已習以為常了，一個女子的氣質就蕩然無存了」。這無疑是許許多多工廠妹精神面貌的寫真。作者透過這個形象，表現出六七十年代打工仔的共同命運，家貧，早早投身社會，失去接受教育的機會而苟活着。他們過着昏天黑地的日子，身心交瘁，滿目都是叫人難受的昏暗。他們工作勞累、生活刻板，但仍然努力掙扎着，不少人則力求上進讀夜校。「她們知道她們身處深坑，她們必須趁着年輕還有氣力的時候，努力爬出來。但有多少人真的能夠爬得出來呢？最多的人也許爬到一半，就又跌到了坑底。」這就是他們的相同之處，無論如何的努力，總是無法擺脱困境。盡管如此，他們還是沒有放棄對生活的最後一點希冀，正如阿美所說：「我總不信我的命運會那麼差吧！」

〈阿美〉這個作品如一份社會檔案，真實紀錄了一代打工仔的苦況，讓人們看到一個時代的集體迷失，着實是香港當代文學中難得的紀實力作。值得一提的是，文學不是生活經驗的簡單複寫，而是經過作家的心靈容器發酵過，以個人的透鏡審視折射出來的。所以，我們可以看到，許榮輝筆下的場景畫面都染上了個人的情感色彩，有着一層舊時歲月的滄桑色調。正是這種個人經驗，為一代人的集體記憶增添了個人的痕跡。

## 二、時代變遷的反芻

文學有不同的面向，除了探視個體的生命狀態，揭示人的生存處境，也面向社會歷史，作出反思與批判。八十年代以降，香港社會發生了一系列改變歷史進程的巨變，回歸、政改等等事件接踵而至，產生一波又一波的震盪。作為一個有社會意識、勤於思辨的作家，許榮輝自然也把目光投向時代風雲、社會演變，且作出他個人的觀察、判斷、言說。在這個集子中，〈本土地震紀事〉、〈心情〉、〈在阿巴度的日子〉等篇章，都一定程度反映出他個人的歷史意識，從中不難感受到他的在地情結與追問質詢精神。這些作品反映出香港社會的迷茫與焦慮，自然也探測到這個城市的變化，「味道變了，不是以往那種味道。原有的味道被外來的味道入侵了」，進而質問「一切都變得我不熟悉了，那個我熟悉的本城到哪裏去了呢？」

歷史書寫可以有不同的方式和路徑，如長江大河式的宏大敍事，或家族回憶的私密記述。許榮輝無意於寫大歷史，對社會歷史變局作全方位的掃描和展示，相反只是通過個體的體驗，對社會變遷作出吉光片羽的折射式點染。應該看到，中國當代文學創作界一直存在一種「重大題材癖」，追求一種高、大、全的歷史書寫，幾至形成文學的「厚重拜物教」，流行緊扣重大歷史事件作機械反映、食而不化的創作風尚。我對這類創作習氣，一向是頗為抗拒的，在我看來，作家之於現實的關係，全然有別於政治家、歷史學家，並不是以「政治正確」或意識形態的標準，來進行是非判斷；也不是以歷史年表式的書寫，來羅列史實。作家始終是以一種人道的準則，審視社會、觀察人生、叩問靈魂，他們的本事是以一種悲憫之心觀照現實，撫慰蒼生。所以，不管多麼重大的事件，一落到作家筆下就不再是以新聞筆調作粗線條的報導，而是始終以個體生命的價值和尊嚴為標尺，展開人性的反思、追問、衡量、評說。面對現實，正視歷史，這才是文學的創作的本質。許榮輝的創作正體現了這樣的特質，他始終透過個人的經驗，對社會現象作人性透視，且加以思辨質詢。他不求全，不貪大，但卻為大歷史作個人的旁述與補白。

〈本土地震紀事〉以隱喻的方式指涉現實政治，對八十年代香港社會的惶惑疑慮加以荒誕化表現。故事記述本城八十年代初的一場災難——地震，言說其深遠影響。那最初的沉悶轟響，導致人心惶惶，且成為日後社會發展根本巨變的源頭。本城人因這場地震而出現集體癔症，不少人選擇了棄城，爭相求購「地震屋」，如此等等。隨着時光的推移，本城人頓悟了這場「地震」的後果，「每個本城人心中都有一條可以勾起他無限回憶的街道，一個可以看到美麗海景的碼頭……都消失了」；「這比起一場真正的地震，把一切都摧毀了，更加徹底。」這個作品以曲筆言說現實，不直接對真實的歷史事件作出描繪與評述，反倒在表達上取得更大的自由度和迴旋空間，可以無罣無礙地將話說透，言語似乎也更具穿透力。

在許榮輝的文學作品中，〈心情〉可說是一篇我城人生的隨想錄，以「他」一個正在寫作歷史劇本的人為敘述者，對幾十年滄桑歲月、社會演變，作出片斷式的回顧與反芻，意在拼貼出一幅歷史長卷。故事從「他」隨母親由羅湖到香港第一天寫起，展現駁雜的內容，流露紛繁的意緒，母親、女皇雕像、工廠女工、「黃皮狗」鎮壓示威、拖着大包小包擠火車過關到國內寄包裹、老人凌晨四五點到診所輪街診……種種畫面、場景，如走馬燈般閃現，記憶與思緒紛至沓來，其中百感交雜的「心情」可想而知。作者通過這個作品，傾注出對這個城市的思考與過往歲月的緬懷，「女工們的疲累一直是這都市繁華的象徵」，「我們曾經有過這樣可愛而純樸的日子。都失去了嗎？」而其中最多的寄慨，當是對滄海桑田社會變遷的感喟，「畢竟是大都會，只要人一走了神，就變得一切都陌生了」；「歷史是成年人開的一個大玩笑，已被無數謊言掩蓋，歷史很大程度上是胡謅的，沒有人能找到完全的真相，我們何不在那血迹斑斑的史迹裏，也胡謅出一個娛樂人的故事來？」

〈在阿巴度的日子〉也是一篇有份量的作品，文中由奇風異俗生發聯想，借題發揮，不乏讓人意會的妙喻。故事中的阿細是一位新聞工作者，被派到外國採訪，在異域他鄉的阿巴度體驗到文化的差異，這讓他想到自己的家鄉，自然彼此參照作出對比。他一抵達阿巴度就發現一個現象，不斷有人向他派單張，上面寫着：雞蛋是好的。他對此當然抱有戒心，並產生疑問，這座都市是否語言偽術很發達，那簡單的一句話是否暗藏了很多細節。阿細是帶着恐懼來到阿巴度的，因為他的家鄉城市愈來愈不堪，「他厭惡家鄉的語言偽術」。他由「雞蛋是好的」，聯想到「教改是好的」。兩句話相互對照形成思辨的張力，發人深思，真乃精妙之筆。

此外，〈鼠〉也同樣是別具意趣之作。故事中的滿大姨是從異域歸來的華僑，由於少小離家到南洋謀生，被異族文化所同化，觀念與行為都與眾不同。她穿「奇裝異服」，哼唱「We are the world」，性格開朗，但她似乎把心留在了異域，忘了帶回來，融入新生活的速度很慢，因而給一個傳統家庭帶來不小的衝擊。最讓「我們家」無法忍受的是，滿大姨居然買回一隻老鼠，當寵物來養。這不僅給妹妹一家帶來恐慌，讓一家人不得安寧，還惹來隣里的側目。作者透過這個故事，表現出一個奇女子堅不可摧的自信，同時也表達出如下思想，「人生為甚麼會有這麼多困境了，有的是有意製造的，有的卻是莫名其妙產生的，雖然都會引起人的痛苦、驚恐，本質上是不是一樣？」「一個人要是真的有追求，即使生命的火花熄滅了，也可以重燃。」

許榮輝就是以這樣的方式講述着他的香港故事。他除了回述個人的經歷，表現弱勢群體的悲涼人生之外，還以隱喻、隨想等方式回望歷史，反思社會的變遷。這些年來人們言說香港當年時，似乎只流於一句空洞口號「獅子山精神」，倒是這些故事的細節肌理成了一種時代圖騰的紋路，而一個個的畫面、場景則成了那一個抽象概念的鮮明注腳。

許氏不是一個太着意於經營故事「橋段」的作家，但他是一個從心出發的寫作人。他從尋常人生出發，憶述、記錄他所經歷過的歲月，從中發現意蘊，且加以反芻。事實上，他還是一個思辨型的作家。

在這批作品中，一直有一個「我」的存在。「我」是這個城市芸芸眾生中的一員，不起眼，但有自己的視角。他注視、觀看、思考、判斷，有疑惑，也有無奈。

也許，這就是許許多多小市民的共同心緒吧？

二〇一八年八月二十二日於南山書房

# 二十世紀
# 六十年代

# 女裁縫的哀愁

一、

我要說的故事，背景是這樣的：那時（我說的是上個世紀六十年代），樓房是低矮的，像我居住的這個地區，大多也就是七、八層吧。至於唐樓，四、五層的就很普遍了。一般人家的日子過得很簡單，單從街景就可以看出個眉目來了。別說那些隨處可見的報紙檔，就是在街頭擺了個只賣香煙的攤檔，也可以搵兩餐了。

煙仔檔鎮日聚集着一群飛仔，窮極無聊，看到有哪個路過的細路，總愛做個像要打人的動作，撩一撩來打發無聊，看到對方露出驚怕的樣子，就會得意地大笑起來。這種笑聲更可怕，嚇得細路跑得更快了。

那時，一般人的教育程度很低，甚至可以說，文盲很多。

寫信佬在街道某個避風的角落擺了個檔口，也可搵兩餐。經常，在黃昏的斜陽下，看到一個婦女坐在他跟前的一張小椅上，抽抽噎噎地說些甚麼，應該是無限的心事吧！寫信佬只管埋頭落筆，待信寫成後，以木然的神情，淡然的語調，把內容唸了一遍給她聽，她一一默默地點着頭。

這個時候她極度哀傷的情緒已經平復，她也知道，一切哀傷到了紙上都已變得很平淡，指望別人代入她的傷感，哪有可能？

有一次，我聽到寫信佬問一名婦女，還有甚麼要說的嗎？婦人就重複了一遍她的傷心事。寫信佬以憐憫的語氣對她說：「人一出世，就注定是痛苦的了，誰沒有一肚子的辛酸？把所有這一切都寫給遠方的親人知道，徒增他們的牽掛，而毫無幫助。」

婦女含着淚點頭，感謝寫信佬把信寫得淡然的苦心。

那時，女人的美容，哪有現在五花八門的化妝技術，高級的護膚品？當街總可以看到口裏咬着一根線的女人，以熟練的技巧，為愛美的師奶刮臉。

在暖洋洋的冬日，坐在椅子上曬着陽光的師奶，一想到刮臉後的容光煥發，在臉被刮得緊繃的時候，仍不忘綻出笑容。

娛樂也簡單。電視機是專屬較富裕人家的東西，電影院很遙遠。公園裏的遊樂設施不多。我們孩子，最喜歡的去處之一是巷仔裏的理髮店。

周末的理髮店總是有着很多小孩子，一玩起捉迷藏，就把理髮的正經事忘了。店裏還會有一大堆漫畫書，雖然已被孩子們翻得破破爛爛，畢竟是至愛，要是新添的，必成搶手貨，輪到自己時，已變得跟破破爛爛的舊書沒有分別，但仍然讀得津津有味。

理髮師傅都是馬迷。因為賽馬大多在周末舉行，周末就成了他們最繁忙的日子。他們馬不停蹄地為孩子們理髮，馬場上的賽馬也為他們馬不停蹄，帶來叫他們或悲或喜的賽果。

賽馬評述員透過收音機為他們直播，那種講馬時，語速逐步加快，最後聲嘶力竭的藝術，成了後來的傳統，是繪聲繪影的典範。

我依然記得，在評述得最起勁最緊張的時候，師傅的頭部都傾向收音機那邊去，就像向日葵傾向太陽，即使某個孩子突然尖叫並且哭了起來，他還是不理會，充其量暫時停下手，要聽到有了賽果才安心。

這是像每周的賽事，都要上演的，差別就看那個孩子遭殃罷了。因為，就算技藝再高超的師傅，因為整個心思都撲到聽馬上，剪髮器把孩子的頭髮纏住了還不知道，繼續向上推，自然要叫孩子痛得叫了起來。

賽馬日讓師傅們的周末過得很忙碌，也很容易過。賽馬日理所應當是他們最驚喜，最失望，最興奮，最沮喪的一天。

通常，他們把辛苦掙來的錢的一部份送給了馬會，但他們覺得值得，因為這樣，漫長、平淡的人生才似乎有了點起伏。那是平庸、卻也算相對穩定的時代，師傅大多數會維持這樣簡單的生活，直至他們退休，因為他們都覺得這樣的生活方式適合他們。或者，要說有甚麼其他原因，或許是他們被困在小巷裏，與外間的發展已嚴重脱節，除了這份工，也難以到別處，過別樣的生活了。

只有到了某個時候，比如，包圍着它們的低矮樓房重建了，理髮店所處的陋巷消失了，他們自然也無法維持他們的日子了。

我所認識的好多孩子，因為自小就受到熏陶，長大後也喜歡賽馬。他們後來各自走向自己的人生路，有的得意，有的失意。

市面上最熱鬧的，莫過於我家居住樓房對面的那家酒樓了。

因了這家酒樓，我從小就明白，不論多貧窮的社會，總有吃得起的人，他們把酒樓擠得滿滿的。那時的侍者，賣點心不是用車仔推着，而是把各式點心放在一個四四方方的托盤裏，用皮帶繫着，掛在脖子上，在客人中間穿梭叫賣。

侍者雖然辛苦，卻可營造一種氣氛。那時，我已經上學了。上學時，酒樓就已是一片喧囂，市聲活靈活現呈現眼前。酒樓裏的座位裝不下食客，侍應會把餐枱放到外面的行人道上。

反正那個時候的車輛不像現在這麼多，並不太受影響。早晨茶客品茗，吃點心，看報紙，自得其樂。

放學時，又看到酒樓坐滿了吃午飯的食客了。在我看來，那個時候所有的熱鬧場面，都是在酒樓表現出來的。

我家窮，雖是近在咫尺，那酒樓卻又恍如另一個世界了。

我作了這樣的開場白，無非是想說：那個時候，在我熟悉的這個地區，再野的人，過的也不過是很簡單的生活方式。

在這樣的背景下發生的故事，也就留下了這種簡單生活方式的印記。

二、

我家租住的那棟樓房，樓高十層，在當時要算是高的了。十層高的樓房，就設有電梯上落。

細路仔有用不盡的活力，喜歡蹦蹦跳跳上落樓梯。而且我還從來不會老老實實的一級一級步下，總是一跳就是幾級樓梯，不一會兒工夫，已跳到地面。

當我「呯」地一聲跳下最後幾級，到了地面，總會有女人抬起頭來，看看發生了甚麼事，好像被嚇着了一般。

那個時候的女人，凡是遇上這樣的孩子，毫無例外都會認定這個細路很頑皮，立即眼露厭惡的神情，多半還會加上一句：「呢嗰細路！」

那個時候，大人對孩子的要求，是要乖。

但女人中，其中有一個的反應肯定不會這樣，她最多怔忡了一下，然後，露出溫和的笑容，好像在說：「細路仔就係咁樣啦！」

這個女人，就是樓梯底裁縫店的老闆娘，或者可以說，很像是個老闆娘，因為我從未真正知道她的身份。裁縫店除了她之外，還有一個比她年輕得多的男人。

每一次，無論我上學、放學，或為了甚麼事落街，經過裁縫店，總可以看到他們埋首做着裁縫的工作，看來日子過得平靜而安穩。現在我想了起來，以當時的社會環境，他們過的日子也算得上是好日子了。

雖然裁縫店設在樓梯口，比起隨街可見的各式各樣的街邊檔，也算是體面的了。有一點我卻注意到了，這個性情溫和的女人，即使在我這個細路看來，也覺得她外貌不好，不論是身材或是樣貌。

在當時相對簡樸的社會，外貌不如現在這樣重要。而且，那時，女人的化妝和衣着都沒有現在講究，她的外貌就不會那麼顯目地被突出了出來。但是畢竟，她的相貌的確是太抱歉了點。我直覺上想到的形容詞是臃腫，她整個人圓滚滚的。

怕是她的工作是靜態的，消耗的體力不多，加上已上了中年，肌肉容易顯得鬆弛，動一動，渾身肥肉就抖動了起來，就像裝在桶裏的水，一動就不能不晃動起來一樣。

她的身體肥到一個程度，整個人顯得累贅不說，給人的感覺就是肥膩，會多少給人一種不知不覺產生的厭惡的感覺。

老實說，最初，我也有這樣的感覺。

外形會影響一個人，那是件可怕的事。

她身體的每一個部位，都可以讓人聯想到脂肪的積聚。如果她個子高大些，一切可能稍為改觀。可惜不。她矮小。

我不想對她的外形作太尖酸刻薄的形容，但，很抱歉，她走起路來，挺了個大肚腩，倒真有點像蛤蟆。

她的相貌不討好，也是肯定的。因身材臃腫，缺點也反映到臉龐上來。可怕的肌肉鬆弛，讓臉上的眼耳口鼻都失去了該有的位置，有點像雪崩。她的鼻子不成比例的大，而且是個朝天獅子鼻，口部也大，而那靈魂之窗，也許是職業緣故，卻是細瞇着。並且，連我都察覺了，當她沉默的時候，她看起來有點兇。更糟的是，她沉默的時候多。不熟悉她的人，一眼就會認定她是個天生的歹角。

但她的性格卻給我完全不同的感覺。這叫我很驚訝。

我幾乎要說，她是我小時候認識的人品、脾氣最好的一個人了。

對她的印象，是慢慢改觀的。

在習慣了她的臃腫和沉默後，我甚至在她的沉默裏，感受到一種深深的悒鬱，一副心事重重的樣子。

到底有甚麼事情在困擾着她，使她的心境不得安寧？

她的性格，幾乎都反映在她的語調裏。

當有人願意跟她交談時，她的語調是熱切的，出乎意料之外的柔和。她會說很多叫人覺得很溫暖的話，你聽了，不會覺得她不衷心。

別人的快樂，就是她的快樂，別人的傷心，也就是她的傷心，她盡量要給人這麼一種感覺。我喜歡她對我展露的充滿溫暖和善意的笑，對於她的外貌就漸漸地不在意了。

也許我還是孩子，還不會有種種人情世故所帶來的牽連。

我這樣較詳盡描繪她的相貌，是有原因的。我後來一直在想着一個問題：她的外貌和性格，是不是對她的命運起了決定性影響呢？

如果她是個風韻猶存的美麗中年女子，而且性格潑辣，自信，足以抵擋那些雖是隱蔽、卻是無處不在的風言風語，命運是否會有所不同？

三、

樓梯底裁縫店的手工很好。

我當然不會知道裁縫店的手工好，親耳聽過的街坊的讚譽倒是不少。一家店鋪贏得口碑，日子就過得去，因為店鋪做的就是街坊生意。這其實是一種真正的互利關係。像我居住的地區，別說甚麼大富大貴的人家了，至多也就是些中下階層的小康家庭，散居於唐樓的窮等人家就更不計其數。能有一間「手工很好」的裁縫店在附近，就是他們的福氣。

在當時簡樸的生活條件下，衣食住行這四項，衣也算得上是頂重要的一項了。窮等人家穿舊了的衣服要修補，要由大改小，都巴望有一間平民裁縫店在附近。

最重要的是，裁縫店信得過，服務好。這家裁縫店不會讓顧客失望。最難得的是，改了後顧客要是有不合心意的地方，再拿回來改，裁縫店都很樂意，絕不會給人家臉色看。加上收費公道，有誰敢再提甚麼叫人過不去的要求？

做小生意的裁縫店也明白，要維持安穩的日子，靠的也就是那點勤勤勉勉的本份，怎敢存着虛應人家的心態？説到底，他們做事態度，總也瞞不過人家的。樓梯底的地方也就巴掌那麼大，一舉一動，盡在人家的眼皮下，騙得了誰？

有時，有位師奶度身訂造了一件飲衫，算是大投資了，就鎮日陪着他們，有監工的意思。身材臃腫的女裁縫總是和顏悦色，表現十分殷勤的樣子，邊裁剪，邊徵求客人的意見，但更多的是閒談家常。

那時的生活方式就是簡約，不會忙得叫人暈頭轉向，時常都有一份閒情逸致。那個男裁縫，不論店裏來了甚麼人，都是全心全意投入工作中，應酬客人不是他的份內事。要是有人跟他搭訕，他也只是問一句答一句，答得很客套很簡單，而且話題都是有關裁縫的。

要是有人突然問了一句與裁縫不相關的事，他就要怔忡了一下，然後整塊臉脹紅了起來，顯得很不自在，好像對方終於問到一些他不知該如何回答的問題，捉到他的短處。

他的這些表現，都叫人無端以為他從未踏出店門，沒見過任何世面，他與生俱來就只跟衣服打交道。

男裁縫和女裁縫的相貌，形成了一個強烈對比。

男裁縫雖不算太瘦削，卻讓人有種弱不禁風的感覺。他身體的各種特徵，都加強人們對他的這個觀感。

我在這裏就約略說幾項吧。比如，他的皮膚很白皙，一舉手一投足，都是輕柔的。我想，這也許是他的職業養成的，精細的裁剪，就是需要這般的手勢。

整個身體的柔弱，必然會包括臉部。

他的臉部是平滑的，就像他每天熨衣服，也要為自己的臉部熨一次，甚至幾次，而且是技術十分高超的那一種。

他的五官就是這樣，像被人工塑造出來一樣，工工整整，該在那個位置上，就在那個位置上。很精緻。我總以為，男女裁縫對客人的態度有別，並不僅僅因為是他們的性格。

女裁縫熱情，男裁縫冷淡，而且總把自己埋得深深的，對上門的客人不瞅不睬，我想，最大原因是他可以這樣做。

要是他自己一個人當家，對客人敢這樣傲慢？現實總會教訓他一頓的。女裁縫對來客曲意逢迎，則是她深知，她不這樣做，是不行的。

但人情就是這樣不合情理。

即使女裁縫也不難發現，只要男裁縫在，客人對她就有點嫌棄的意思。

地方小小的樓梯底裁縫店，經常上演這樣的很微妙的事。某個客人來度身訂造服裝，或拿衣服來修改，在經過一番客套，一番費盡苦心的轉彎抹角後，最後總是要勞動男裁縫親自為來客度身，打點一切，來客才會露出安心而滿意的笑容。

臨走時，通常還會鄭重地向男裁縫叮囑，甚麼時候來看衫樣，肯定了是男裁縫親自主理，才放心離去。

女裁縫絕不介意，熱心在旁輔助。她的工作，照現在的說法，應該就是公關的工作。這種公關的工作是很苦心的。男女裁縫鎮日在一起，兩人之間卻很少交談。不論我多少次下樓，總可以看見他們各據一方。因而在我眼裏，看到的男裁縫永遠沉醉在他的裁剪裏。活兒多的時候，他的動作就利索得很，他的青春和活力在這樣的時候完美表露無遺，給人驚異的感覺，他像在沉睡中終於活了過來了。但更多的時候，活兒不多的時候，他的手腳就慢了下來。他可以長時間摩挲着一塊布料，整個人陷入了沉思，好像苦苦地在布料裏尋找一條神秘的線，沿着這條線下刀裁縫，就會有完美的成果。他的技藝應該是這樣磨練出來的。他再也沒有甚麼出路了，他的出路就在眼底下。但這出路，在他看來，是這個世界上最好的了，他十分願意廝守下去。

女裁縫空閒的時候較多，她沒有那麼的專心致志。有時候她會發呆，一份溫柔和一份憂思就會不知不覺地流露了出來。她是個有心事的女人。

但看她那強悍的外貌，怎像個有心事的女人呢？結果，給人的，也就是一種很奇怪，甚至是很突兀的感覺。

男女裁縫終日沉默，雖店舖面積狹窄，兩人距離不遠，給人的，卻是一種咫尺天涯的感覺。就像這家臨街的店舖，儘管街上不時有車輛飛馳而過，不斷有熱鬧人聲傳來，街和店舖總也有種咫尺天涯的感覺。

只有觀察仔細的人，才會發現，事實不一定就是這樣。要做這樣的觀察殊不容易。首先是男裁縫和女裁縫，好像有了默契似的，不讓他們的一舉手、一投足、一個眼神、一個表情，透露出他們的心思。

他們只願意讓人認定他們的身份是裁縫，做着裁縫的工作。

後來，我才知道，人們對這家店舖裏的默默工作，對整個世界都保持着若即若離的一男一女，已有了某個看法。

他們愈想隱蔽，人們對他們就愈像看着籠裏的寵物，帶着好奇。

要是男女裁縫真的有甚麼警戒的話，那麼對着一個孩子，特別是對着一個天真的，對他們抱着善意的，不會投以探究目光的兒童，總會有放下戒心的時候吧。

我曾經看過女裁縫以一種柔和的目光，望向男裁縫。那目光裏含着的是甚麼呢？我不知道。大人們的情感世界，我如何能夠突破年紀局限，去加以理解呢？

我小時候對成人世界的神秘感覺，至今依然記得。

我曾見過男裁縫抬起頭來，微微一笑。

他這一笑，讓我感到他是一個需要得到保護的男人。

## 四、

六十年代入夜後的街道是寂寥的。

我居住的那個地區，入夜後的街燈好像比其他地方都要暗淡些，就像市政當局作了實地調查，認定這樣的窮區，就算沒有街燈也算不了甚麼了不起的事。

因為，在那個連電視機都不普及的年代，餐搵餐食的小人物，都會早早上牀休息，以應付天一亮，艱難一天的開始。

六十年代社會，一般人家日子都不好過，掙錢不容易，應付生活，哪敢半點怠慢？都要付出全副精神。況且，窮苦人家都會拿手工回家做，晚間就是開工的時候，他們更加不會去夜街了。

如果沒有活兒要趕，樓梯底裁縫店一般到了晚上七、八點就關門了。

在我看來，裁縫店的那點燈光一關，整條街就變得更為寂寥了。

男女裁縫日間在眾目睽睽下討生活，他們的夜間生活，頓時變成一個謎團。

只要是謎團，就會引起諸多臆想。特別是那個時代。

你看，這樣一對男女，說他們是相依為命的母子，真的不像，女裁縫作為母親的形象不對。在那個年代，母親形象單純，有很多共同特徵。

那時，女人的眼睛都很銳利，一眼就可以看穿另一個女人是不是母親的身份。

在那個單純的年代，單純的母親有一套很相似的口吻，很相似的動作，連罵孩子的話都是那一套。噓寒問暖的口吻都像是互相學習的。

女裁縫沒有這些特徵，當然不是母親。

一對不是母子關係的男女相處在一起，年紀又是相差了一大截，那種關係，會給人無限想像的空間，很合理會想到的，就是那種曖昧的感覺。

這就出現了很弔詭的情形，在那麼一個傳統觀念濃厚的社會裏，涉及男女關係的問題原本是很諱忌的，是傳統的良家婦女不輕易啟齒，總會刻意避開的話題。

怎麼辦呢？出現的只能是若隱若現的竊竊私語。這樣的竊竊私語，開始的時候不必多人，兩、三個特別好事的八卦者就很足夠了。

特別有能耐的八卦者，甚至一個就可以掀起波浪。

最初大概會是一點似是而非的傳聞，逐漸可能變成似假還真。

八卦者經常有這樣的能耐，也真的是一種可怕的力量。

一般人家，不會主動去渲染這樣的傳聞，

但只要那些傳聞聽來頗為有趣，也樂得聽一聽。

畢竟，那個時代，可以娛樂一下的事情太少了。

表示了一下自己的興趣，是希望聽到更多下文，這也是一般人的心理。

事情演變到最後，總能找到一個大家可以對傳聞關心關心一下的合情合理的理由。

比如，大家會這樣想：那個男裁縫如此溫文，幾乎是不諳世故，看來大小事都由他人擺佈，照他這樣一日一日生活下去，以後也不會有甚麼大改變了。陰功囉！不知甚麼時候起，他就是這樣過日子的，那以後他一生就這樣了結嗎？他還有甚麼前途？

那個女巫般的女裁縫，最後要把他擺佈成怎樣？

以這樣一個角度來看男女裁縫的關係，就可以避過叫人諱忌的男女關係的問題，這裏面還包含一份強烈的正義感。

這份正義感隨時都會引發對女裁縫的公憤，雖然這樣的公憤經常是盲目的。

六十年代，給人的感覺就是個較有人情味的年代。

但我覺得，在那個因為生活簡單，而容易沉悶的日子裏，也容易產生因不耐寂寞而喜歡招惹是非的人。

比如，三姑六婆這樣的人物，也是那個時代的典型人物。印象中，像三姑六婆這樣的人物，現在已很少有人提及了，這正好說明那個時代特有的時空，為她們提供了擺弄是非的合適條件。

我這樣說，不知人家明不明白：相對於六十年代，我們現在這個年代應該是個撕破了臉的年代，明擺着對別人處處設防，私隱不容別人過問。

說現在的人際關係冷漠，列出百般壞處，當然是事實，然而說到底還是有個好處，自己不喜歡人家打聽的事，可以光明正大拒人於千里之外，也不要說甚麼理由。

男女裁縫那時的處境，到了我成熟了，會引起我深深的嘆息。

那個時候，的確有那麼一種人情，一種傳統，可以以一種關心的姿態，探究人家的底細。而脆弱的當事人，會被迫到無可奈何的地步。

必須把裁縫店融入街坊圈子的男女裁縫，難以招架。

他們應該承受不了種種有關他們的流言蜚語所帶來的困擾。

有關男女裁縫的種種事情，慢慢就為人所知了。關上店門後，他們就會回到租住在附近一棟唐樓的一間梗房休息了。

可以想像，就是連個善良的師奶，在跟人家的閒談中，知道這個小道消息後，也會睜大眼睛，流露着聽聞一個尚未解謎團的大秘密後的神情。秘密大得快要裝不下了，只得拼命把眼睛睜開，才能容納得下。

噢，住在一起，那麼……

不就是嗎？

他們的關係是怎樣的？

這就需要更深入一點去探究了。

有了「查家宅」的意味。

這是很痛苦的事。

總有八卦者善於此道，轉彎抹角，迫得女裁縫不得不答，因為不答，很可能就在眾人跟前抬不起頭來了。

會回答得語焉不詳。

女裁縫可能這樣回答：涉及了很多複雜問題，其中很多關係需要說明，要涉及很多人的身世，這些人你們都不認識。

況且，作為當事人，再怎樣都會想：我需要這樣詳細向你交代嗎？也不是真的就那麼知己。同時，儘量讓人感覺到一種求饒的意思，請嘴下留情吧。

這也是人之常情，再八卦的人，也不敢迫得太緊。在模糊敍述身世的過程中，有一點看來女裁縫是很刻意要別人知道的，男女裁縫之間有親屬關係，但沒有血緣關係。

大概的意思是說，男裁縫是她（女裁縫）姐姐的養子，姐姐在一次變故中（甚麼變故呢？）不幸去世，當時男裁縫不過只十來歲，還沒有獨立能力。

她（女裁縫）呢？三十來歲。姐姐並沒有把養子交託給她，姐姐去得很快，快得甚麼都顧不了。妹妹處於這樣一個處境，她不得不負起撫養姐姐養子的責任。

可是，你姐姐婆家的人呢？就沒有其他人負起這樣的責任嗎？

還有，她自己為甚麼不結婚呢？

這些，都是叫人感到興趣的問題。

但是說到底，所有這些問題，也不能過於單刀直入去問。

在那些遮遮掩掩的探究中，在很多問題上，也都變得語焉不詳。

但無論女裁縫說甚麼，大家心裏依然去不了一種想法，他們的關係是曖昧的。
後來，大家最關心的事已不再是男女裁縫的關係，焦點已經轉移到另一個方向。

## 五、

對我來說，一切都像突然之間發生。

但我知道，像這樣的事是沒有可能突然發生的。

大人們在背地裏一定做了很多工夫。

有一天，我發現樓梯底裁縫店新來了一個少女，二十來歲的樣子。

最初，我以為她像之前我見過的那些愛美女子，親自前來督工，務求她所度身訂造的服裝盡善盡美。

但我後來發現，不像。她不但經常來，看來還成了裁縫店的一員了。

我是逐漸看出了眉目來的。無論是路過的街坊或是來定造衣服的客人，進進出出之間，對這位少女，都多了一份異乎尋常的熱情。

少女的反應最初是含羞答答的，待熟絡了，就有了半個主人的意思，對來客的招呼很得體，要不是有了點主人的意思，斷乎不會有那樣的周到。

我肯定，她是那個年代很典型的少女。

樣貌雖然平凡，要不是在這裁縫店裏，有種特別的氣氛在烘托着她，她一定是不惹人注目的。

可誰也不能否認，她整個人都顯出了純樸，賢淑端莊的氣質，叫人安心地想，她以後一定可以做個賢妻良母。這是那個時候最受稱道的女子。

少女的到來，產生了奇妙的效果。

以往，裁縫店好像欠缺了一點甚麼，現在她把這種欠缺填補了。以往那些叫人捉不到頭腦的流言蜚語，都一下子消失了。

毫無疑問，如果以前大家感到裁縫店有點甚麼不正常，現在一切都完美了。

有一次，我準備從樓梯上跳下最後幾級，聽得見樓梯底裁縫店傳來幾個女人七嘴八舌的對話聲。

「郭師奶，你真係好人，為阿祥介紹個咁好的女仔。」

「係陳小姐有福氣，如果阿祥唔係一表人才，咁有上進心，我點敢介紹？我哋中國人嫁雞隨雞，嫁狗隨狗，關係到一世人的大事喎，點敢隨便介紹。」

「阿祥的對象有着落，彩雲都飲得杯落囉。講開先講，要搵個咁賢淑的女仔，真係唔容易。」

「真係要多謝郭師奶咁熱心。」

「唔駛客氣，大家街坊街里，都係想對方好。」

「係呢？彩雲，你個外甥同陳小姐都認識有段日子，幾時拉埋天窗？」

「阿祥呢個人好內向，又怕醜，一啲主動都無。」

「咁，彩雲你就要着緊啲啦。呢兩個後生仔女都好怕醜，要你多操啲心，將佢哋拉埋一起至得。」

像這樣的交談，我後來碰到的機會愈來愈多。她們的語氣都是喜氣洋洋的。就像喜事就要隨時舉行似的。

後來我就知道，那個男裁縫叫做阿祥，女裁縫叫做彩雲，而新來的少女就叫做陳小姐。

可是看三人相處的樣子，眾人口中的喜事又好像是遙遙無期。

阿祥就像以往那樣，專心致志埋首於裁剪裏，似乎埋得更深了。

他似乎要逃避甚麼，可是在那麼狹窄的空間，他能夠躲到哪裏去呢？

他正在裁剪的衣服，正好像個洞口，讓他藏身進去。事實上，當女人們當着阿祥和陳小姐的臉，興高采烈地議論着他們的婚事，甚至忘了形，嗓門愈來愈大，連路過的街坊都驚動了，好奇地進來探究，阿祥依然是個不相干的人。

到底他是不懂得把情感表達出來，或是沒有任何情感，只有裁剪才是他的心靈寄託呢？

女人們可不理會這麼多。

「男大當婚，女大當嫁」，這是當時誰都不敢不相信的傳統想法。

因而，她們表現出來的熱心，就有大條道理了。

因而，即便阿祥再沉默，女人們都不放在心裏，像這樣的事，是水到渠成的事，有誰會例外的？

她們熱心操持的事，到了某個日子，也就水到渠成了。

沒有其他人在場的時候，彩雲和陳小姐交談得最多。彩雲對陳小姐，態度是親暱的。的確，彩雲愈來愈像個長者了。在陳小姐出現之前，彩雲的模樣真的不是這樣。她充其量只是個家姐。但現在，從她的眼神，從她的一舉一動，給了人一種錯覺，她真的老了，她更像是個長者了。

好像是，眾人要她當這個長者，「我就當這個長者吧。」

「除了我之外，還有誰可以擔當這個角色？」

六、

在我童年那些貧困而孤寂的日子裏，那一天，是我度過的一個最熱鬧的日子，那天的一些細節我還記得。

一行人幾乎是浩浩蕩蕩地開赴街對面的酒樓。雖然只是隔了一條小街，歷時只幾分鐘，卻十足像節慶時的遊行隊伍，歡笑聲和恭喜聲喧天。

特別叫我驚訝，百思不得其解的是，彩雲在忙亂之中拖住了我的手，好像她雙手空空，不知所措，必須抓牢一點甚麼，才有着落。
就這樣我也擠在那隊伍裏，前往酒樓。
彩雲的手有點顫抖。
我抬頭往上望，彩雲的臉的確有幾分像我在傍晚時看到的天上的彩雲，臉上有種以前我未曾見過的顏色，淡紅的。
她是不是在出發之前化過妝了呢？我想，即便她刻意化妝，也不能為她的相貌帶來甚麼幫助，對她的相貌進行任何修補，都注定要徒勞無功的。
但她像大多數人一樣，情緒激動，興奮莫名。她不斷在笑，笑是那一刻她在刻意做的事，她也不斷地說着多謝大家的話。
笑紋在她臃腫的臉上展開，變成了另一道風景。
彩雲一心想叫人看到的，一定是喜悅的情緒。
但是我就像所有孩子一樣，被一個其實是非親非故的人拖着手，不免忐忑不安。
我發現彩雲臉部的情緒並不是單一的。
雖然大部份時間都是喜的，但是突然之間，滿臉臃腫的肥肉像是承受不了沉重壓力，突然之間崩塌了下去，變得面目全非，其實是一副叫人看了驚心動魄的苦相。但是很快的，彩雲發現臉上的肌肉失控，又會用盡力氣把失序的肌肉重新堆砌了起來。

維持臉部整整有條的局面，真是辛苦透了。

我們坐了滿滿的兩圍枱，我就坐在彩雲的身旁，彩雲的另一旁，坐着陳小姐，然後是阿祥。我坐在這麼一個在這個重要場合應是很重要的位置上，似乎叫人覺得莫名其妙，不斷有人望向我，但我畢竟是個無關重要的孩子，很快視線就從我身上移開了。

焦點人物當然是彩雲、阿祥和陳小姐。

阿祥雖然是那麼醉心於裁剪，可是那天，在我親身經歷的這麼一個盛大的宴會上，他的衣着並不讓人看出他有着甚麼特別的品味，實際上，跟我們那個較貧窮地區的大眾，差別不大。我想，要是他講究的話，憑着他的外貌。他會是一個很出眾的人。

後來，我根據那個時候留下的印象，我相信他是個本性十分單純、善良的人。也許就因為他一直是在很純樸的、受到十分細心照顧的環境下生活所形成的性格。

那一天，是我跟他最接近的一次，並不僅僅因為我坐的位置跟他很近，而且看清楚了他的本性。

他渾身所散發的柔和的氣質，是會叫女孩子着迷的，特別是因為他是個做裁縫行業的人，在那個年代，應該特別容易討得女孩子歡心。

他的性格，注定了他是拙於應酬的。

他只懂得用白皙臉上的笑容來應對，有時實在應付不了七舌八嘴的開玩笑，臉就會愈脹愈紅。

不時，就會像彩雲那樣，說幾句謝謝大家的話。也許這些多謝的話，是彩雲教他說的。

陳小姐那一天笑得最甜美。

那一天，我坐在彩雲的身邊，她的一舉一動我哪裏不知道！整個過程，大概有兩個多小時，她都笑不攏口，她竟然可以把整個情緒都完全控制住了。

也許她知道，當坐到餐枱上，自己任何情緒變化，都難逃眾人耳目，她一定明白，何必為了一時的失控，惹來日後無窮的煩惱？那一天，我吃得很飽，而且都是最好吃的東西。在這之前，我一直相信，這家酒樓是我連夢想都永遠沒有機會進去的了。

世界上就有這麼美好的事。反過來說，世界上也有很多不如意的事。好的東西，即使就近在咫尺，要是得不到，就是得不到。彩雲不時把點心挾到我的碗裏，都是很好吃的，她的目光閃耀着慈祥的光芒，柔聲地說：「吃，吃。」

我也就埋頭專心的吃。我知道，在這麼一場熱熱鬧鬧的飲宴上，一件喜事操持成功了。

## 七、

很多事情，在不知不覺之間發生了，之後，有些事情變得面目全非。其中的來龍去脈，小孩子當然無從知道。

有一天，我發現樓梯底裁縫店空寂得多了。那個在我的印象中，天天埋首於裁剪的阿祥，已經不在那個我慣見的位置上了。

我以為他是有事罕有的離開。

然後，二天、三天、四天……都不見他的蹤影，我開始明白，他大概從此不再回來了。只有彩雲坐鎮。

樓梯底裁縫店沒有了阿祥，就像失去了靈魂。

現在可以很清楚看到，彩雲失去了靈魂。

活兒明顯少了，來裁縫店的人當然少了。

裁縫店就像曾是一個情節，高潮過後，就不再是眾人的焦點了。

彩雲對我，好像完全陌生了。她明明看到了我，目光卻流露着迷茫，簡直不認識我。

她的失魂落魄幾乎不再加以掩飾。

有一天，我放學回家。午後的街道，行人寥寥可數。我看見彩雲呆坐在她慣坐的位置上，整個人發着呆，突然雙手舉了起來，掩着臉，抽搐了起來。

這是我從未見過的。我有點被嚇壞了，悄悄地在她身邊溜了過去。

彩雲在我心裏的形象都是很親切的，她那泰山般的身材總讓我覺得她是我的守護神。

她應該是強悍的呀！然而，原來，她也可以是很脆弱的。

樓梯底裁縫店在我心裏變得愈來愈模糊，我不曾留意它在甚麼時候，已結業了。

八、

我必須經過幾十年的時間，才能對人世間的種種人情世故，有了點頓悟，我才能稍為明白發生在我童年時期的那件事。

一件發生在幾十年前，基本上跟我無關，而且那時我又還是處於懵懵懂懂年紀的事，想了起來竟仍能叫我感到哀傷，這樣的感覺叫我倍加沉重。

我終於能夠明白彩雲所受創傷之痛之深，特別是她的痛苦是無從、也無處傾訴的，她的痛苦只能埋葬於時間裏，讓它自動消失，這就叫我感嘆於人世間有些創傷真的是相當殘忍的。當我為當年的事想得痴了，不禁深深地懷念起來，彩雲和阿祥現在怎樣了？

幾十年來，他們各自的日子還過得好嗎？在他們的心裏，會不會像我想像的那樣留下了傷痕？

既然我作為一個孩子，還記得這些零零碎碎的事情，他們能一點都不留痕嗎？

在我的已然模糊的記憶裏，腦海裏總會突然掠過他們的身影，他們是如此淡泊，多麼希望過寧靜和安穩的日子，可卑微的願望卻變成了奢侈的事，想來真是荒謬呀！

他們按照世人的意願，用他們的悲劇換成了一場喜劇。

可怕的世俗力量在起着主要作用。

我是那麼悶悶不樂。我還感嘆於，那個年代，生活方式簡單，一般人的情感世界也簡單，可怎麼這樣不幸，一定要把別人的情感世界都理解得簡單化了？

而且，叫人扼腕的是，還要對別人的情感世界加以介入。

他們知道嗎？人與人之間一旦建立起了感情，就是深得一生一世了。

不知彩雲和阿祥有沒有生錯了時代的哀傷感覺？

我生了這一番感慨，並非完全沒有道理。

有一晚，聖誕佳節，我們一行人到有卡拉ＯＫ設備的酒店狂歡。為了度過漫漫長夜，除了唱卡拉ＯＫ，也規定每個人都講一個有關愛情的故事。

我沒有甚麼故事好講，又喝了幾杯，就迷迷糊糊地把上面的故事，連同我的濃得化不開的感慨說了一番。

話剛說完，只看見跟我的年紀差了一大截，濃妝豔抹的小姐們和油頭粉面的男士們已笑得前翻後仰，這一笑非同小可，把我的醉意都笑醒了。

我明白了，這不是甚麼感人的愛情故事，而是會叫人聽了感到很老土的事，成了徹頭徹尾的笑柄。因是笑柄，講故事的人也成了笑柄了。

在他們眼中，不可能有這樣的事。

剛才他們在唱情歌時，還七情上臉，呼天搶地，痛不欲生，叫人擔心有哪一個會心臟病發作，隨時昏迷過去。只有虛假的感情才可叫人揮灑得如此自如，毫無一點包袱。

是錯覺叫我說了那個愚蠢的故事嗎？

無論如何，一切都是自己招來的。我早就應該知道的，現代人的生活比以往更繁忙複雜了，感情世界倒是比以往更簡單，並且隨便得多了。

愈年輕的現代人，愈懂得不讓自己的感情世界受到任何羈絆，以應付多姿多彩的男女關係。現代人有個很大好處，因生活忙，節目多，對旁人的感情事，不論有多離奇古怪，都沒有閒情去理會了。

彩雲和阿祥如果活在現在，不是會很好嗎？

唉！一切都過去了。

九、

一天，夕陽斜照的時分，我站在街上，看見一個身材臃腫老太婆蹣跚而行。她只顧低頭走路，似乎把這個遺忘了她的世界也完全遺忘了。

我用力看了她一下，那因肥胖而五官不整的臉上，佈滿了皺紋，就像在臉上打上了無數的XX，那種對她整個人生的否定。

老了的彩雲也會是這樣的吧!?我不敢再想下去了。

# 二十世紀七十年代

# 父親遺下的傷痛

父親一生跟我相處只有三個月。關於這一點，如果瞭解像我這樣的華僑家庭背景出身的人，不會感到奇怪。

總之，只有三個月。

那年我十四歲。

那是個陽光燦爛的日子，母親帶着我到啟德機場，接從那似乎很熟悉，其實極陌生的熱帶島國回來探親的父親。

（我對這個島國概念上很熟悉，因為從我懂事開始，就知道父親在這個島國謀生，會按時匯錢接濟我們。）

父親的瘦削和衰弱，是我事前沒有想像到的，只有在很艱難的環境下生活過來的人，才會有這樣的身量。父親的背脊顯然駝了，顯得他更加矮小。父親到底從事甚麼活兒，讓他挺不起腰來？當時我腦海裏浮現出這麼個幼稚的疑問。

母親把我拉到對她來說也很陌生的父親面前，要我叫聲父親。有這種經驗的孩子到底有多少呢？那是一件不知所措的事。

不知是不是我叫得太細聲了，我看到父親露出了一個很苦澀的笑，與其說他是在展露笑容，不如說是讓臉上的皺紋作一次舒展。

父親是來休養的，大部份時間病懨懨地躺在牀上度過。

父親的回來，實際效果是給我們帶來了不祥的訊息。他其實已虛弱得不能繼續在殘酷的生活戰場上征戰了。但是三個月的假期一到，他又啟程回到那個島國去了。在父親的觀念裏，那一定是因為「去」，已是他的一個不可推卸的責任。

去謀生。

父親以後就很少再匯款給我們了，以他的衰弱的身體，恐怕他連自己的生活也照顧不了了。我們得到父親音訊也大大減少。「重洋阻隔」在這種時候是很形象化的形容詞。

他是不是累得不想再提筆呢，還是他的境況已差得無話可說，不想讓我們知道甚麼了？人生到了一個無能為力的時候，情況可能都是這樣的。

我十六歲那年，父親逝世的消息傳來了。我逝世時沒有親人在身邊。

其實父輩那一代，很多人都是這樣的。

親情是最奇妙的事，它有着不可捉摸、無可抗拒的巨大力量。那個五月的黃昏，我放學回家，得知父親離開我們了，對着金黃色的夕陽餘暉。痛哭了起來。

父親從這個對他來說苦難重重的世界消失，不久就在我校服的口袋上留下了記號：一塊四四方方的黑紗布。母親在我們租來的那個小小房間裏，很小心剪了一塊黑紗布，然後用扣針扣在我胸前的口袋上。

在苦長的人生裏，父親一直是那麼遠遠地離開我們的生活圈子，現在，靠着這塊黑紗布，他回到我們的生活中來了。

我從母親的眼神裏領會到這一點。

現在，我跟父親是這麼親近，我戴着黑紗布上學，走在熙來攘往的路上，坐在公共交通工具裏。有時坐在不是太擠迫、行進緩慢的電車上，我會敏感地感覺到從甚麼角落飄來了眼神，像是在詢問：哪個最親的人離開了你了？

在忙碌的都市人中，這種能夠向我投來的目光，必然是慈祥、充滿憐憫的。

不！不！我在心裏會說，在血緣上我最親的人，在我出世時就不在我身邊的人，現在回到我的身邊來了。

我隱約感到母親為我換洗校服的次數多了。

母親往往在深夜的燈光下，以很肅穆的神情，把黑紗布整整齊齊地扣在我潔白的校服上，初時總是含着淚光。

父親的事情後來才逐漸知道多些。偶然，有被熱帶陽光曬得黧黑的番客到我家裏探訪，在他們的嘆息聲中，透露一點父親的生前事跡，對我們太珍貴了，講到艱難處，又引得母親每次總是垂淚。

番客就掉進了是說這些傷心事好呢，還是說些，比較好的處境。

甚麼安慰都來不及了。

「做人都是很苦的。」番客說。

聽說父親在最後的日子裏，是在冰廠裏工作。冰塊，在熱帶地方應該是很受歡迎的東西，可是年邁的父親在冰廠那樣艱苦的環境裏工作，他的生命的確是進入嚴冬了。

然而時光會把即使是最悲傷的情緒撫平。

母親也是一樣吧，她波濤般洶湧的情緒逐漸平復了。

可是我那時不知道，也不瞭解，母親的哀思正轉換成另一個形式來寄託情感，而這個情感永遠不會消退了。

情感是一件多麼奇怪的事。在父親生前，母親把對父親的感情掩飾得密密實實，生怕人家知道，但在父親逝世後，卻表現得轟轟烈烈而且持久。

老一輩人情感的表達，不知是不是都是這樣迂迴曲折的。

我的確不知道母親的哀思裏，已包括了更深更廣的內容。

在母親的沉痛中，必定忽視了我的內心也有個情感世界，而且在我的那個年齡，這個情感世界又是脆弱和微妙的。

人的情感世界脆弱，會產生很多可悲的故事，但也是最動人的。

我知道，已經有種情緒在我的內心慢慢地滋生着，最初是不自覺，或者是害怕面對，但我終於不得不以恐懼、不安、內疚的複雜情緒去窺探。

是在甚麼時候開始滋生的呢？是不是在我那個年齡就會有這種情緒，或是我與父親的感情根本就很淡薄，或是在我的生活環境中，開始有種令我生畏的奇異目光投了過來，或是甚麼其他原因？

十六、七歲的年齡，對陌生父親的哀思會消退得很快。

這裏面應該有很多原因。也許最重要的，是不夠成熟，還不能深刻體會父親的艱辛。

最初，我想，一個月後，我就不必戴孝了。我的確感到那一小塊四四方方的黑紗布，有着一種我可以覺察出來的重量。

我已不記得當我期待的日子過後，母親還是以專注的神情，把黑紗布扣在我的校服上，我的感覺是怎樣的。細節我真的不記得了。但有一件事我卻記得很清楚，我已經開始了一個很少人會經歷過的奇特的等待過程。

我已經不能從母親那裏確定我的戴孝期會在甚麼時候結束。我就等待着這個結束期的來臨。半年過後，我開始用我自己的方法來解決我的情緒問題，辦法雖是笨拙卻是直接的。我出了家門，就會到一個沒有人會注意我的偏僻地方，把黑紗布除了下來，裝在口袋裏，放學回家時，我又把黑紗布扣了上去。我奇怪母親為甚麼不曾注意到這其中的變化，因為到了後來我扣黑紗布時已是馬馬虎虎地應付了。

很可能母親已經知道了。她選擇了容許我這樣做。

但我記得那時我內心的不安和內疚，其實還有不快。我每一天都會自問，我這樣做是不是很錯呢？

我已不記得我為父親戴孝維持了多長時間，一定是一段長得我再也記不清楚的時間吧。但我卻記得我終於拒絕繼續戴孝的那個週末的晚上。

已經是深夜了，是我早就該入睡的時候了，但我睡不着，我看見母親又專心致志地把黑紗布別在洗得很潔白的校服上，那時不知是從哪裏來的一股衝動，突然開口說：「媽，我要戴到甚麼時候？」

你可以想像母親抬起頭來望我時，那麼一副愕然的神情。

「同學總在問我，說你戴孝戴得這麼久，這一次是為誰戴？」我說着，忍不住哭了起來。

為甚麼會那樣激動？少年時期的那種真實情緒我不復記得了。

母親呆了很久，才慢吞吞地說：「那麼，就不要戴了。」

我那時無法明白，在母親看來，我不再戴孝，父親也就從我們的生活中消失了。這聽來是一件微不足道的小事是不是？可是這是我們一家三口的傷痛。在成年後，特別是在體味了人生後，我總是覺得，只有像我們經歷了那樣的人生，才會有那樣的感受。

想來，我的傷痛是最輕的，而我父母的傷痛卻是難以用筆墨來描繪了。在我停止戴孝的一個星期後，母親突然病倒了，母親這次突如其來的病讓我留下了終生的記憶。

母親臉無血色地躺在牀上。在她不能起牀的那幾天，簡直是我災難性的幾天。我不懂得照顧人，我只勉強煲了粥，煲了母親喜愛的麥片，可是整整兩天，母親滴水不入，她只瞪着茫然的雙眼問：「為甚麼會這樣呢？」

她是在問，為甚麼她會生病呢？

在長期貧困折磨下，母親的身體已是很羸弱，可是這樣的大病卻是從來也沒有過的。

一直在支持她的意志力已經崩潰了，這樣一來，災難性的身體崩潰就難以修復了。

人可以很堅強，也可以很脆弱，我在母親身上看到了這一點。

不久我就輟學了。父親的逝世注定我要繼承他的苦難，因為以我家那時困厄的處境，這樣的繼承是無可避免的。日後每當我聽說人生是公平的，我就會以淡淡的苦笑來回應。別說我個人所經歷的生活，就以我父母的人生遭遇，也往往使我不大能夠接受這種看法。

但我想，我是個性格溫和的人，我並沒有太大怨懟的情緒，我只是默默地努力來改善我的處境。

真正令我內疚和不安的是，曾經讓母親受到一次情感的重傷。

（入選劉以鬯先生主編：《香港短篇小說百年精華》）

# 阿美

## 氣息

我要說的，是一個普通女工的故事，在六、七十年代，工廠多，女工也就多了。但我說阿美是個普通女工，是相對而言。在六、七十年代還相當年輕的我的眼中，她真是個了不起的人物。我是以當時我那個很低微的視角，來講她的故事的。

我常想，就連那個時代的空氣，也是不同的嗎？那個六、七十年代!?

我覺得是的。

陽光都較明亮，空氣也較清新。這些微妙的、不可言傳的一點一滴，構成了只屬於那個有點叫人懷念，又有點叫人傷感的時代的特殊氣息。你要尋回那個時代，就得尋回那股氣息，這不是憑着黑白圖片就可以找到的。而氣息這種東西，就存在於那個時代才會有的人物身上，以及那種有點特別的，再也不能恢復的都市生活方式裏。

## 在路上

我已無法記得清楚，我是在哪一天開始注意上她的。

只記得最初的時候，好幾次走在返工的路上，她會突然從一條橫街轉了出來。這樣，她總是走在我的前頭。每天走着一段十來分鐘的路途，早晨的行人不多，滿眼就都是她的身影了。

我很清楚記得當時的驚訝，這種驚訝與其説是一個二十歲未到的青年，純粹對一個陌生成熟女子的好奇，倒不如説是一個初入社會的青年，因欠缺社會經驗，而常常會有的少見多怪。

我對她的初步印象是這樣的：她是一個不理會自己該有的端莊，即使是在公共場合，也不太為自己儀表費心的女子，她只追求自己認為是輕鬆愉快的人生。

首先是她的衣着、體態以及那不經意的一舉手一投足，給了我很深刻的印象。平常日子裏，她沒有刻意打扮，因而就有跡可尋。每個星期的頭三天必是一襲灰色的連衣裙，以後三天則是T恤牛仔褲。她穿T恤牛仔褲的日子，綳緊的臀部顯得很豐滿，走路時在我的眼前一聳一聳的，在人跡稀少的街上一路搖晃過去，好像只有我看到，使我感到跟她擁有一個天大的秘密。

在她不徐不急的步行中，時不時以一種很熟悉的手勢，揚起手來，幾縷輕煙就在平靜的早晨，在她的頭頂冉冉升了上去，有一種説不出的輕盈美感，就像在形容她自己。

然後，終於有一次，我走在她的前頭。

其實，這樣的機會遲早都會發生的。

我已無法説得清楚，我為甚麼會突然轉過頭來，是不是嗅到瀰漫在空氣中的煙味呢？當我回過頭來的時候，正好看見她瞇着眼睛，深深地噴出一口煙來。

人的感覺就是那麼不可思議，換了一個角度觀人，所得的感覺已完全不同。

一個人的五官最能把一個人的靈魂表露無遺。我想一定是這個原因，才能合理解釋我當時的感覺。

這不是一張屬於早晨的面孔，因為早晨的面孔應該是精神奕奕的。突然出現在我眼前的這張面孔剛好相反，它是疲累的，因為疲累而蒼白。又因為希望憑着一支煙而把滿臉的疲累支撐起來，滿臉的肌肉反而扭曲了。這種因為疲累而失控的肌肉，讓人一眼就看出了精神上一種徹底的崩潰。要命的是，這張面孔的主人，似乎對自己精神上的崩潰無所謂，或是恐怕已習以為常了，一個女子的氣質就蕩然無存了。

一個女子不一定要漂亮，但氣質是少不得的，這種氣質可流露一個女子的獨有的溫柔、熱情、清秀甚至純真，顯出她的特別動人的一面來。

她沒有。她整個人都顯得太隨便了，太無所謂了，隨便得叫人一下子感到她沒有甚麼可珍貴的東西。

此後有一段日子，我雖然仍然差不多每天都跟在她的後面，對她的興致卻大大減少了。

但我想不到的是，她是我的同事。

## 午間的吸煙區

我打工的那間工廠，規模太大了。

六、七十年代的工廠大廈，到了現在還可以看到。長方型的建築物就像巨獸一般，收容了多少廠房！

要是單單一間工廠就佔據了幾層樓面，規模就大得驚人。

那是勞工密集工業在這座都市方興未艾的年代。

在那個特別的年代，人的絕望和希望，人的快樂和悲哀，都顯得跟這之前和之後的時代，都不同。

說是希望，是因為有了大量的工廠，提供了無數的工作機會，這在這之前的年代是沒有的。有一句話大概就是從這個時代開始流行的：只要肯捱，就不怕餓死。這句話帶着那個時代的自豪，後來者就說，這就是這座城市的奮鬥精神。

要是了解真相，就會知道這是個美麗然而哀傷的誤會。

不會有人去深入理解低下階層人的生活真相。

生活在那個年代，捱生捱死的低下階層人，有種命若螞蟻的絕望感。一個人捱生捱死，唔憂做，但也只不過是搵兩餐，其他的就統統別指望了。一個人處於無盡頭的捱生捱死的境況，能不絕望嗎？

勞工密集工業時代最為典型的行業是興旺一時的電子廠。電子廠的工作流程，注定每個工人佔的位置很小，密密地挨着，是所謂流水線，Line 的作業方式，大大加強了工作效率。這樣的效率要由青春撐起。要說這座城市曾以青春作為地基，而建立了起來，也許不算是誇大之辭。

那時的工廠大廈，就為這種勞工密集工業而設計和建造，每層樓的面積很大，一排一排的生產線緊緊地擠着，一眼望去，幾乎是一望無際的密密麻麻的年輕女工在低頭苦幹，叫人想到了螞蟻的勞作。

工廠的大與女工的小，強烈的對比，真的是觸目驚心。

這就是要叫那個時代的女工畢生難忘的流水線。坐 Line 的女工從上班到下班，做着同一個工序，因而熟能生巧，工作可以做得很快。

作為練習生，我常常在電子廠的幾層樓上上落落，那份低微感真是畢生難忘。老闆或高層職員可能會感到很偉大。

有一件事，讓我深深感到，不論是哪個時代的人，再怎樣艱難，都可以找到自己的快樂方式。

公司有一個小時的午飯時間，要是匆匆扒完飯的話，大概還剩下半個小時，可以自找消遣。

原來廠裏有個吸煙區。

必須說明一下，那時對吸煙的危害，根本沒有甚麼意識。甚至可以說，在那個時代呆板得多的生活方式，吸煙是個主要的娛樂方式。

第一次到吸煙區，是在我上班的三個月後。

那個叫阿浦，跟我一樣做練習生的年輕人有一次對我說：「我帶你去一個包管叫你意想不到的地方。」

「只剩下不到半小時的時間，還能上哪裏去？」

「放心，地點就在廠內。」

走進吸煙專區，果然煙霧瀰漫。工作單調而辛苦，就靠這樣的方式來鬆弛？

電子行業就是年輕人的行業。在後來的日子裏，想起我親歷的種種場景，我都有驚心動魄的感覺。如此多的年輕人被困在貌似寬敞，但其實每個人只佔了一個小小地方，像螞蟻一般工作着，那裏看得到前景？是一件多麼可怕的事！

（關於這一點，在以後，在她們或他們進入中年，工業北上，經濟轉型，一大批一大批的人必須轉業或面對失業，甚至跌進生活無着的人生困境，就得到了更加顯著的證明了。）

吸煙區裏的場面真是壯觀而別緻。

清一色二十歲或剛出頭的年輕人，壁壘分明地分開坐着。這一頭坐着的是男孩，而另一頭坐着的是女孩。都熟練地各自用手指夾着一支煙，吞雲駕霧。

其實他們熱衷的，不是吸煙，而是抬槓。

在這樣的場合，男孩子總不會安安份份地坐着，況且眼前就是一群不太好惹的女孩子，更加激起他們的興奮，嘴裏噴着煙，卻同時又有本事大笑大喊，一時也不知道他們嚷了些甚麼，只看見很多人的嘴巴在動着，嘈雜得很，好像有點不乾不淨的。

阿浦遞了支香煙給我，總算在一個擠迫的角落找到了個落腳處。

吸煙區不大。但因為房間與後樓梯相連，後樓梯就成了吸煙區的一部份。男孩就擠在後樓梯，以及吸煙區的一小部份，二十歲上下的女孩霸佔了房間的大部份。女孩子擠得密密的，就像組成了一堵牆。她們這個架勢真的很有威勢，坐在女孩中間的就是我在路上逢上的那個女子。她看來是大家姐。靠的看來不僅是她的年紀較大，而且，她就是有那種大家姐的霸氣氣質。

慢慢地，我就感到，我像到了一個拍戲現場。

男孩子儘管衝着女孩子大聲嚷大聲笑，她們就是不動聲色地坐着，熟練地把煙噴了出來，自顧自說着悄悄話，偶然也會冷冷地瞟了那些青年一眼。

男孩子叫得再起勁，看那氣勢，不但佔不了便宜，顯然處於下風。

愈是處於下風，愈想扭轉劣勢，卻苦無良方，只好採取最愚笨方法，開始對每個女孩子評頭品足，這個太瘦，那個太肥，沒有一個是符合標準的。這個把口紅搽得十足像豬八戒，那個甲組腿的女孩穿了迷你裙在行樓梯時，被某某看見了內褲，是紅色的，說着說着就哄笑了起來。這樣的消遣節目，對於小青年來說，算是最大娛樂了。

畢竟是女孩子，絕不會作出激烈的反應，但她們反擊起來卻是很有效，也很致命。

她們往往在男同事聲嘶力竭的時候，冷冷回了一句，說某某在某晚想約某個女孩子行街睇戲，結果被人放飛機，在街上呆等了個多小時，也不想想自己是甚麼貨色，竟然想吃天鵝肉。

說這些話其實是很低聲的，幾乎是悄悄話，但愈是悄悄話，愈是裝出神秘的神色，還竊竊地笑，對方愈想知道，突然之間，男孩子的叫喊聲完全停止了，而女孩子的悄悄話也讓他們聽得懂了。

女孩的悄悄話即時產生了效果，男孩子內訌了，很自覺地在人堆裏把那個人揪了出來，好像他就是叛徒一般，定要把他暴露在眾目睽睽之下，羞辱他一番。

就在那個小夥子面紅耳赤喊冤枉，卻又百辯無辭的時候，這一邊的女孩子樂了，看着他們吵作一團。最後，男孩子發現中了女孩子的圈套，要報復，為時已晚，她們哄的一聲跑開了。

休息時間在嬉鬧中過得特別快。

不論男或女，剛才的意氣風發都變成了垂頭喪氣。他們都知道，等待着他們的，又是一個下午沉悶漫長的工作。

經過了一個上午的工作，下午只會更費神，更辛苦，儘管他們都這麼年輕。

有了這樣的吸煙區，是不是真的可以讓這些年輕人生活得更輕鬆些？或者就像吸煙那樣，只不過給了他們額外的麻醉劑？

多年後出現的殘酷現實會叫人嘆息，老闆賺了錢，走了。曾經年輕過的工人則像在人生途上踩了個空，落入人生的困境。

## 阿美和她的女工們

阿美，英文名字就叫做阿 May。

阿美真的算不上是漂亮，如果硬要說她美，充其量只能說是粗俗的美，這不會是動人的美。但我不敢說，我認識她之前，她不美。我這樣說，是因為我覺得，她的美因為經歷了多年的社會生活，而褪色了。

這不僅是外貌上的，恐怕更多是精神上的。

也許她有過少女時期的纖弱，現在變得豐滿了。但她的豐滿不是那種具有美態的豐滿，應該是有點臃腫，但這種臃腫也不是到了難看的地步，畢竟她還算是年輕。

這些都不太重要，我懷疑她有過過份的打扮，結果把她的自然美破壞無遺了。在她年華最好的日子，她的生活方式是怎樣的呢？這已經難以想像了，只是現在，她的過份打扮的熱情似乎消退了，反而多了份不在乎，是甚麼都不在乎了。

到底是怎樣的人生，讓她變成了這樣，當然不是我可以想像的。肯定的是，她再怎樣努力，都已恢復不了自然美，這就是為甚麼我感到她充其量只能說是有很粗俗的美。

很多年後，我才有能力看清現實，看清了她的位置很低微，就像普通女工那樣，低微得毫無前途可言。一個人處於這樣的境況，愚昧一點是不是更好呢？甚麼都當看不見。但阿美甚麼都看透了，卻又不甘心這樣過日子，似有個目標要追求。想要掙扎，卻是胡亂的掙扎，就像遇溺的人。

後來，當我體味了人生後，就會明白，那種掙扎過程，要有多痛苦，就有多痛苦。

也許就是那個時代，那個出路極之狹窄的時代。一個不肯認命的女子，掉進了根本毫無出路的女工堆中，能夠怎樣？幾乎是出於一種原始的本能，知道自己有幾分姿色，再把自己打扮一番，也許可以裝飾出一份美，來達到目標。

在我認識她的時候，這一切都成了她的過去的故事了。我所能看到的，都已只是她的過去的蛛絲馬跡，都抹不去了，殘留在她的已褪色的姿色和言談中。要是她不說，故事也就灰飛煙沒了。

我看到的，已是阿美的續集。每個人只要繼續活着，就會有續集。是誰都想有個好結局。

現實呢？

當然，是要在很多年後，我才能看得清楚很多普通人的結局。

那時，不知怎地，我倒會想到一個問題，阿美仍在不甘心地掙扎嗎？

我相信她仍在掙扎，但她看來也知道，她所有的掙扎，都只會是徒勞的。

但我看到的她，已絲毫看不出痛苦來。

固然是因為我入世未深，怕也是她的掙扎形式，已經改變了。

阿美不再以痛苦的形式表現出來，她的言行都以不羈、狂放表現了出來。

當然這是在以後的回憶時，才會理解，並且懂得，阿美真的痛苦得非常扭曲了。

那是秋日的週末下午，難得的放假的氣氛叫人整個人都鬆弛了下來。我從工廠出來，剛走過兩個街口，就看見擁簇着阿美的一群女孩子，走了過來。幾乎每個人手上都夾着一支香煙。

我對阿美的這個手勢太熟悉了。這時正面看她的手勢，就像她在對我作着示範。不消說，跟她在一起的女工，都學得很神似了。

我連忙退到一邊去。

或許正是我這個有點慌張的退讓，才惹起女工的興致，阿美也因而一時心血來潮。當阿美挨近我面前時，突然朝着我的臉噴了一大口濃煙。這真是出乎我的意料之外，我咳了起來，整張臉漲紅了起來。

「你是不是男人呀？」

阿美誇張地大笑起來。

我未曾見過阿美大笑過，我以為，她已過了這種玩無聊小玩意的年紀了，我好像看到了她的另一面，或許可以說，是她年輕時的一面。

「他是不是男人，May 姐試一試他就知道了。」

女孩之中有誰說了這麼一句，隨即又引爆了一陣笑聲。

然後她們一股風似的走了。走了好遠，她們還回過頭來，嚷着：「跟我們去行街啦！」

「跟我們拎嘢，以後請你睇戲，May 姐不會虧待你的。」

那個時代的工廠妹的生活就是如此快樂無憂？也許只有跟着 May 姐的這群女孩子才會這樣。我只知道，那個時代，年紀輕輕就到工廠打工的女孩的家庭，都是貧窮的。勞工密集工業幾乎是無限量吸納了年華正茂、其實失去了接受教育機會的女孩子。

就我看到的這一群，她們不會把她們的生活，考慮得太長遠吧，現實生活也不容她們想得太遠。她們能夠瀟灑地過着玩樂的日子，在她們漫長的一生，恐怕是相當短暫的，而在以後的無盡日子裏，她們要面對的，就是很艱難的人生。

有的女孩子真的力求上進。她們知道她們身處深坑，她們必須趁着年輕還有氣力的時候，努力爬出來。但有多少人真的能夠爬得出來呢？最多的人也許爬到一半，就又跌到了坑底。

## 返夜校的日子

要是我們有個鏡頭，追溯那個年代年輕女工的生活，她們返工的情況，她們返夜校的情況，那必定是個揪動人心的壯麗場面。

對於一大批年紀輕輕，就得在底層掙扎的女工來說，六、七十年代的黃昏永遠是昏暗的。這不僅僅是生理上的感受，還有心理上揮之不去的陰影。

我後來曾經遇上一名女工，她憶起遙遠歲月的黃昏，還能感受到揮之不去的疲累。這是因為積壓的疲累已沉澱到了心底，才會長久都感受到。

人因疲累才會特別敏感地感受到周遭環境的昏暗。一個人要是精神充沛，心懷喜悅，就是在下雨天，也會看到雨點的光亮。可是，要是一個人日復一日地做着費神的工作，身心交瘁，眼睛疲勞，當她放工，走進黃昏的薄暮裏，滿目都是叫人難受的昏暗。其實造成心身都感受到昏暗的，也不僅僅是因為疲累，還有前路茫茫的感覺，這只要經了一段並不需要太長時間的社會生活，就能夠明白。微薄的工資只能維持眼下的生活，那麼以後如何應付呢？

這些擔憂在以後的日子都靈驗了。

夜校就是一種可以讓人寄予一點希望的地方，讓人在絕望中好像看到了一條出路。當然在那個不是以知識、以人為本的年代，社會只是需要大量精力充沛，能做費神工作的勞動力，這樣的勞動力愈年輕愈好。況且，那個年代強調的是精英教育，因此要想從一個廉價勞工，擠身入精英行列，簡直是一道無法逾越的屏障，難如登天。

然而上夜校的路，畢竟是一條叫人動容的路。

那是那個時代的一道別致的動人風景，由無數失學的少女少男組成。他們感到失去了很重要的東西，但不願意信服夙命的安排，要奪回。

所有這一些，或許都已被忘懷了，但那些忙碌身影，包括他們自己及其他人，必然都仍會存在於她們心裏。

女工上夜校，注定是不會容易的。為了逃避經常的加班，必須想方設法，說出不加班的理由。夜校常常是要餓着肚子上的，因為已經趕不及回家吃飯了。放學後在夜寂人靜吃着飯菜，然後在孤燈下做着功課，並不一定就得到家人的體諒和欣賞。畢竟那時大多數人家都等着錢用，加班多掙點錢最實際，讀甚麼書呢？對於很多年輕女工來說，讀書成了很遙遠的事。要度過這些艱難的日子，經常是要以悄悄的落淚來支撐的。

其中有一位女工叫阿蓮，無意中跟她談起，才知道她不過十四、五歲，卻已相當成熟。她談起在筲箕灣木屋區的家，總是如數家珍。愛秩序村、愛秩序臺、淺水碼頭村、成安村、教民村、聖十字架村。有山頭就會有一個木屋區。擁有一間木屋其實也不容易，住下去就更加困難。日灑雨淋，那是必須面對的折磨。最不能抵擋的是火災。

那時呀！阿蓮說，從木屋區湧出來，奔向工廠的女孩子的場面，是畢生難忘的記憶。是不是幸運地遇上了勞工密集工業這個大好時代，把她們全家都救了呢？這是很多窮等人家的感恩，不是嗎？沒有工廠工做，境況不是更加不堪設想嗎？

但如果這個說法真的成立了，人的命運是何等悲哀！

跟我一起做練習生的阿浦和他的女友阿蓮都有平凡而動人的故事。

阿蓮覺得讀文法夜校也不會讀出甚麼結果來。由於家庭的經濟壓力，她需要更即時的實用價值，於是，她跟阿浦一起去技術學校學習修理收音機。

過了一段時間，他們都轉工了。

那個時期，除了由大集團經營的大型電子廠外，還有很多小工廠，工人不足一百，俗稱山寨。不一定設在工廠區，在一般住宅區也有。

這樣的小廠比較容易找到修理技工的工作，只是，環境擠迫不堪，惡劣得多了。一些工人會喜歡到這類工廠工作，因為收入會好些。

這些小廠是沒有輪班制的，工作多得做不來了，只能叫工友加班，甚至要做通宵。小老闆也沒有辦法，工廠地方小，請的人多，要是訂單不夠如何應付呢？

小廠的人情也就濃厚了點。既然是有夜班可加，那意味着生意不差，給多點加班費，皆大歡喜。

加夜班的日子，有一件事頗叫人盼望，那是叫外賣。加班到了晚上九點，加夜班者可以叫一碟廠方免費提供的晚飯。加班雖然辛苦，卻也因為有了這種美好的盼望而似乎減輕了些。

那是阿浦和阿蓮一段最甜蜜溫馨的日子。有些晚上，加班加到深宵，坐上搭客寥落的電車上，在那古老而有節奏的電車聲中，互相依偎着，甚至睡着了。在他們的短暫的夢境中，是否發過美夢？

處於低下階層的人的悲哀，就是不論他們怎樣勤奮，怎樣努力要籌劃好自己的日子，都不敵於社會的變遷。

在小工廠打工，即便是捱生捱死，也不錯呀！只要日子安穩就可以了。阿浦和阿蓮是否有過這樣的憧憬呢？殘酷的事實是，這樣極低微的憧憬都保不住。

我知道，結了婚後的阿浦和阿蓮，在這座都市的工廠消聲匿跡後，日子過得很狼狽。不過，很多人的日子都是這樣度了過來。阿浦考了車牌，做了司機。阿蓮到快餐店做女工。學習修理收音機，當時以為是找到了很好的出路，沒有想到人生路太長了，這麼一點技術那裏應付得了。不過，這些都是後話了。

**生活有點墮落**

那年八月。

也是一個週末下午。街道上的陽光很熱。

我在街上走着，突然聽到背後傳來一把熟悉的叫喊聲。

轉過頭去，看見阿美站在街角向我招着手，手勢很急切。

急忙跑了過去。只見她臉上淌着豆大的汗水。

「太好了，在這裏碰巧遇上了你。快幫我把它搬回家去。」她指着身旁的一個偌大的紙盒。我因為感到意外而略露猶豫之色。並不是我不願幫忙，而是在我眼中自命不凡的阿美，此時露出了很尋常的一面。其實我所說的尋常，就是她的和顏悅色。那個時候，雖然社會相對落後，階級觀念卻很清晰。稍有地位的人西裝革履，板着臉孔，比起現在有過之而無不及。一進入社會，我就感到這種氣氛濃濃地籠罩着我。對於美姐，我的感覺也是這樣，她不知高級過我多少級。

我感到她親切得多了。不過，這只是「稍縱即逝」。見我稍露猶豫之色，立即露出她的專橫，不容他人拒絕的作風。

「怎麼？這點小忙都不肯幫？」

說罷，已經轉身就走。

這樣的霸氣到底是怎樣形成的？也許是靠着她曾經有過的青春和美色來兑換？但是她的青春和美色也兑換得差不多清光吧！

只是，她的這種霸氣卻似乎根深柢固。

她完全理解錯誤了。那時我真正的感覺是，她竟然會叫上我！我所有的感覺只剩下了三個字：

受寵若驚。

但也許她早已看穿了我，知道我會乖乖地跟着她去。

她的住處就在附近，在一條不大熱鬧街道的一棟破舊的樓房，樓房裏的一間一百呎不到的梗房。因為有窗口，夏季正午的陽光像水銀般瀉了進來。浴在陽光裏，這個小房間也就少了點擠迫感。

一進房裏，就看到了讓我心跳加速，面紅耳赤的風光：女式內衣內褲晾在拉在房裏的繩上，紅的黑的，有蕾絲滾邊的，三角形的，應有盡有。

我在無意間，闖進了一個女人最私秘的生活裏。她的私生活，就這樣隨便而輕易地讓人闖入嗎？

那個時代的社會風氣，仍是很保守的。

我想起後來跟着發生的事，必然是突發的。這樣的事是由幾個無法理得清的原因誘發的。其中一個，也許就是一個成熟女子，面對着一個顯得不知所措的窘迫的男孩，突然興起了一種要戲弄他一番的念頭。然後，變成一切失控了。

又也許，阿美對這樣的事，已當是一件很隨便的事。

事後我想，我在搬了紙盒進房後，有甚麼道理還留在房間呢？照道理應該立即離開，是等着阿美吩咐甚麼嗎？或者，有種神秘的氣味鎮住了一個不知所措的年輕人，叫他迷暈，再也不知如何動彈了。

阿美爬上牀，把窗簾拉上，開始背着我寬衣解帶。她一邊這樣做着，一邊用很隨便的語氣説，這樣的熱天，要換換衣服。

當她下了牀，轉過身來，卻用很驚訝的語氣問。

「咿，你還沒有離開？」

這句話真如五雷轟頂，知道闖了彌天大禍，一定是這個想法牢牢地抓住了我，我犯了不道德的事了，形成了我的驚慌之色。我當時是怎麼個樣子呢？肯定的是，我更加不知如何反應了。但如果阿美大喊一聲，快給我滾開，我一定立即抱頭逃竄，我變成了一個沒有了主意，只會聽命令的人。

不，我只聽到哈哈大笑，只見阿美笑得彎下了腰，用「花枝亂抖」來形容是最貼切了。彎下腰笑着的她，就像有意把她的巨乳推到我的眼前，還在不斷地亂晃着，如何讓一個男孩抵擋得了？而當她笑完後挺直身體，近在咫尺的穿着性感三角褲的臀部，不能不吸引我的眼球。女體的氣味在封閉的房間開始擴散開來。

對於一個在男女之事完全沒有任何經驗的年輕人來說，這種時刻的震撼力未免太大了。

「沒有見過嗎？」

阿美滾熱的身子向我靠了過來，像一座山，這座山要倒塌了。

人是不是都這麼脆弱，在這樣的時刻一個人都只能順應生理的本能。沒有抗拒的能力。

只是我一再想起，這樣老練的阿美，當她很年輕的時候，面對着同樣老練的男人，她是不是一樣脆弱？

我想，年輕少艾的阿美，不但美，而且應該還有其他氣質。

我直覺感到，阿美一定不是那種去讀夜校，以追求未來的那種女孩。

她是用了另一種方式吧！

我沒有可能對阿美的生活有甚麼認識，只是後來在聖誕節的舞會上，我才多少明白了阿美的一點生活細節。

這樣的細節，離開我的生活範圍太遠了，遠得不可思議。對於阿美來說，那也是同樣遙遠嗎？遙遠而去追求，或許真的要具備極大的欲望和勇氣，因為就像在追逐一個幻影。在急切而盲目的追逐中，幾乎可以說是無可避免地遇上不可知的危險，至少是陷阱。

在當時，對我來說，還真是很詭譎的事。明明是生活在很實實在在的日子裏，但因為太實在了，會讓自己很自願而急切地走進不會屬於自己的幻影裏去，而再從幻影中走出來時，整個人都變了，就個人來說，就是一生都變了，那是再怵目驚心不過的事。

有多少人是逃不過這樣的事呢？

## 聖誕節的狂歡

那一年聖誕節，給了我畢生難忘的經驗，明白了一個人生道理：有些事情能夠叫人一生難忘，那是因為它蘊含着特別的、可以叫一個人終身回味的內容，甚至帶着了點可以影響一生的含意。

這個特別的內容，就是那年的聖誕節狂歡舞會。

那個年代的工廠舞會，大多就在自家的廠房舉辦，少了豪華氣派，營造出來的熱鬧，卻又好像是自己操辦出來的，多了一份親切，少了一份排場的講究，也就可以隨意。

參加舞會的人都抱有誠意，對某些人來説，又像是每年一度的宗教朝聖。這其中的公開秘密，還是後來我才知道的。

明顯有些人參加舞會，是為了某一個心上人而來。要是這種情況，對舞會作出鄭重的準備，極可能要歷時幾個月，因為得準備的事太多了。比如，起碼得學幾套交際舞，準備一套至少還能應付場面的服裝。不過，更重要的是，要是這個人已把心上人鎖定，在舞會舉行的好幾個月前，就得開始對她賠小心了。通常，他還沒有跟夢中情人確立關係，就要靠舞會的浪漫氣氛，來訂下終身。因而，這可以説是一場可勝不可敗的戰爭，是人生中的一場重要戰役，是必須一次就完成的壯舉。要是失敗了企圖明年再來，哪裏知道會發生甚麼事情？成功的機會已大減。

那些沒有心上人的，也在等着這個舞會，為他們帶來驚喜。

從吸煙區到舞會，對一些年輕人來說，是一個過程。

舞會改變了年輕人的關係。男女不再那麼緊張對立了，因為舞會是要大家融合在一起的。不融合，那裏是舞會？對！大家都明白，要是像平時一樣，歡樂氣氛也就蕩然無存了，而這是一年一度的呀！

我最初曾為了這種關係的突變而感到驚訝。只是後來我終於明白，很多人就是在這樣的場合找到終身伴侶，然後在以後漫長的歲月，共度充滿風雨的人生。舞會，就是他／她們短暫的黃金一般的日子。

自然，舞會的豪氣和氣象萬千（這是我個人的感覺），也必定感染了大家的情緒。聖誕彩帶，氣球和閃爍的綵燈把會場搞得很浪漫。精美食品和飲品，堆積如山的抽獎禮物，早已堆滿了一張張長枱，好像漫長一年的闊綽和快樂，特意留待這一刻才亮相。人在這樣的時刻，會很容易就忘記了自己的處境，或有意忘掉一下自己，於是你可以看到，在那臨時裝飾起來的舞池裏，早已不再壁壘分明的年輕男女，已紛紛翩翩起舞，大家早已約定，這一晚要狂歡，盡興而歸。

這一晚阿美的亮相，把舞會推到了高峰。

一副貴婦打扮的阿美剛從外頭進來，就似乎不勝會場的溫暖，把外套鈕釦打開，裏面穿着一襲性感晚禮服，燈光在她半露的白皙酥胸反射着，豔色四射，立時成了全場焦點。男士早已狂蜂浪蝶般地向她湧了過去，把她如明星般地烘托在中間，很多就是高層或中層管理人員，這就是一年唯一的親民機會呀！有人舉起了相機。一片喧嘩聲中，只聽得有人大讚美姐身材正到不得了，阿美卻是一副神態自若地笑容，顧盼流轉。

這一晚阿美一直在跳，舞伴的邀請讓她應接不暇。在她稍為停下來的時候，就有人殷勤地向她獻上美酒，她的酒量讓我嘆為觀止。也許酒變成了她的石油，這一晚她太狂熱了，在我看來，已陷入狂態。

有一次，她跟一個西裝革履、頭髮梳得烏亮的男士跳舞，看來是個高層管理人員。他的個子矮小，比阿美還矮了半個頭。在跳着貼身舞時，有時他的整個臉龐倒是貼到阿美的酥胸上去了。

就像是攀籐類植物在攀緣着一朵鮮花。

阿美一點兒也不介意。她開心地笑着，由她帶領着旋轉着，旋轉着……

人是需要快樂的，生活中沒有快樂是不可想像的，一個人沒有快樂，就會千方百計去尋找。

舞會結束後，走在寒冷工廠區街道上，才發現入夜後的工廠區是如此死寂幽暗，這個地區是不需要甚麼霓虹燈的。這裏純然是出賣勞力的地方。不是尋歡作樂的地方。尋歡作樂的地方，是在這座都市的其他地方。

舞會結束後，有些人意猶未盡，繼續到其他地方消遣。阿美在幾位男士的擁簇下，坐上私家車，在夜色中消失。

即使是在那個時代，這座都市也已是不夜天了。不缺夜夜笙歌的地方。

**重逢阿美的感慨**

再一次跟阿美在街上偶遇，我已離開工廠。我發現阿美蒼老了很多，這讓我很驚訝。

阿美的境況變得差了嗎？心裏好奇，不過，她的事情，我不敢問得太多。我真的對她了解不多。

她的眼袋看來很大，眼袋下有淡淡的紫黑。這種外表上的衰老應該還不會是屬於她的。她還是穿着灰白寬身連衣裙，這也使她看來顯得略為臃腫。

我們一起去吃了火鍋。

阿美埋首調理火鍋裏的配料時，有着一種我意料不到的專注。我覺得她不顧儀表。在火鍋騰起的水氣中，她的食相可以用「狼吞虎嚥」來形容。偶然才抬起頭來，跟我閒談幾句。

我們不會有甚麼深入的交談，但就是在這樣隨意的談話，她的幾句話，還是深深觸動了我。「我小時候，家裏很窮。」

「誰都一樣。」我説。

「我説的是三餐不繼。正常的家庭還不至於這樣。父親不好，爛賭，母親很苦。但現在想了起來，他們其實都很苦。」

「他們都還好？」

「母親捱不住了。」阿美説着，她的那種我已熟悉的無所謂的神情，起了一點微妙的變化，我似乎還聽到她的哽咽。但她似乎立即察覺到，她被甚麼不想要的情緒入侵似的，極力要把它驅趕出去。她成功了。她接着說：「父親不知所蹤。」

「我自己獨立過日子，已經很久很久了，連自己也不知道是從甚麼時候開始了。」

然後她回到眼前的事情上：「小時候，最大的夢想就是大食一餐，只要滿足了這個要求，死也無怨了。這樣的夢想早已成真了，我還是會時不時痛快地大吃一餐。一個人有了個過於容易達到的夢想，是幸運還是不幸呢？夢想達到了，沒有新的夢想，就空虛了。大食一餐就好像為了填補那個巨大的空虛。」

阿美沒有更大的夢想？就只大食一餐？

我很奇怪阿美為甚麼突然會對我說這番話，也許她真的已經完全沒有了傾談的對象。也許她根本就有意把這些都收藏起來，當然不必有甚麼傾訴的對象。但突然之間，她突然不吐不快了。

後來，她突然又冒出一句話來：「我總不信我的命運會那麼差吧！」

我不相信你沒有更大的夢想。但你追逐更大夢想，也許早已破滅了。

這樣的想法，我當然不敢說出來。

我真的接不上她的這個話題了。

阿美做的職位是科文，對於當時的我來說，這個職業是很風光了，不必上 line，只負責管理的工作。她有做管工的氣質。但大型電子廠，科文很多。我知道普通女工的工作壓力很大。但科文的工作壓力如何呢？我不知道。

我清楚知道的，只是她不快樂。

她也許想從普通科文，再上一層樓吧！但她可能已就此止步。

走出火鍋店，寒風像一盆凍水，向我們潑了過來，身體不禁抖了幾下。街上很寥落。阿美挽住我的胳膊，我想，她是如何處理人的關係呢？她的體溫讓我想起那個下午我們在她的房間裏發生的那件事。她好像把這件對我來說刻骨銘心的事全然忘記了。她很坦然地跟我相處。我這樣想着，感到她挽着我胳膊的手臂的力度加重了，我才感到她的神智迷糊了，所以才用手抓牢我的胳膊。在火鍋店，她吃食物多，啤酒也喝很很兇。走到一個避風處，我建議我們坐一會兒，她同意了。

我看着滿目燈火。我想，兩個人在一起，總比一個人獨處溫暖。我還在想些甚麼，阿美卻睡着了。我想着，甚麼時候把她叫醒呢？

夜愈深，就愈寒冷。

我跟阿美勉強可以稱為同事，前後大概是四年時間，但我可以記起她的，也只有這幾個片段。把這幾個片段連綴在一起，似乎已可以拼湊出她的整個輪廓，但很模糊。此時，阿美這樣緊緊地依在我身上，我依然感到她很模糊。當她沉睡時，又感到她很脆弱。無論如何，當她醒來時，她又得按着自己的日子過下去，我們又成了陌生人了。

掙扎在底層的人，大致如此。

## 工廠區巨大飯堂

打工仔有句口頭禪，捱生捱死，也不過是為了搵兩餐。其實，名副其實的搵兩餐，真的不容易。

在電子廠打工的那段時間，我見識了工廠區午飯時間的壯觀場面。這是勞工密集工業全盛時期才會出現的現象。它代表了低廉勞工時代的一種無法訴說的生活辛酸，但也是很值得緬懷的一段尋常日子。這些日子裏的一些生活小事，都可以叫經歷了的人，勾起難以言喻的懷念。

現在已難以想像，當成千上萬工人從密集的工廠大廈湧了出來，到街上爭着去填肚子的情景是怎樣的。

從工廠大廈湧了出來的大量工人，養活了另一批人。這批人就是提供膳食的人。這批人很重要。要不是由他們提供符合工人生活水平的膳食，吃飯問題一定成了這些食量大，要填飽肚子才有力氣應付強勞力工作的工人的最大苦惱。

提供膳食者與工人，形成了互相依存的關係。

意識到這層關係，他們的關係表現出來常常就是很溫馨的。

當工人們湧了出來，工廠區的幾條街道實際上已成了大飯堂。工廠工人午休前，提供膳食者已在爭分奪秒準備着。他們知道得很清楚，工人的時間非常緊迫，因而他們也就練就了一身應對的好本領。

男工友總是選擇去那些用大紅紙寫着「飯任食，湯任飲」貼在當眼處的食檔。難道是大慈善家在辦食檔嗎？非也！小菜才收費，飯和湯免費。可是盛飯和盛湯就要貴客自理了。

食檔有大有小，大的可以擺上幾十張小飯枱，那算是大牌檔了，小的食檔就只擺了

四、五張，最多七、八張，否則人手就難以應付了。

不管是大是小，由於食客多，都不憂沒有生意做。

小型食檔通常是由夫婦檔拍住上。赤膊上陣的男人總是同時掌管三個大鑊，爐火頭都是開到最大。食客點的小菜，讓專做侍應的、外形肥胖的老闆娘喊了出來，幾乎成了沒有人聽得懂的語言。這是夫妻檔的默契，要快，就得明快，包括語言。食檔夫妻間的溝通永遠不必食客擔心，因為老闆娘剛喊了出來，轉眼之間，一碟香噴噴的小菜，已經準確無誤地送到食客跟前來了。

這是一種本領，固然熟練很重要，同時也需要巨大體能。男人的雙手快得叫人難以相信，左手持鑊，右手掌鏟，雙手配合得天衣無縫。這種在眾人眼皮底下表演的工夫，在食客看來只感到賞心悅目。因為師傅表演得愈好，他們叫的小菜就愈快到嘴邊。

真正叫食客佩服的是掌鑊的男人在炒菜時，拿捏得相當準確，炒出來的小菜分量都差不多，至少不會叫那個食客感到委屈，感到食檔老闆薄待了自己，厚待了別人。

不論老闆多麼忙碌，特別相熟的食客來了，都要向老闆招呼一聲，聲調裏的友好，是一聽都會聽出來的。老闆也不瞄一眼新來的熟食客，只應了一聲，只見他的雙手更加快了。要是食客沒有再吩咐甚麼，老闆心裏已有數，不久就有一碟鑊氣十足的小菜端了上來。老闆娘也心有靈犀，知道是要端給誰的。這哪裏不會討得顧客歡心！

食客呢？總是狼吞虎嚥的多。固然是因為肚子餓壞了，也明白到，飯任吃，湯任飲，小菜也平宜，生意不容易做，老闆是想薄利多銷。因而，都自覺地吃快些，好讓出位置來。老闆生意做不來，你也遭殃，那是誰都會明白的道理。

這樣的小食檔，即使老闆再眼明手快，也應付不了如潮湧至的食客，因而食檔都會有兩個很大的蒸籠，裏面有蒸魚、蒸肉餅、蒸排骨、蒸梅菜豬肉，大受歡迎，因為比起老闆炒菜，這些早已蒸好的小菜就更快了。

正像生活裏的風風雨雨，吃飯時，遇上風雨是少不了的。老闆跟食客像是早已約定了似的，老闆照樣開檔，食客照樣來幫襯。

到大型食檔吃飯，相對從容多了，價錢也就較貴，親切感也淡了好多，速度也減慢了。但也有其他情趣。食客來大牌檔，貪的是冰凍的啤酒，特別是在盛夏，幾杯啤酒下肚，熱汗冒了出來，就像飯前先淋浴了般。緊接着，鑊氣十足的小菜來了，狼吞虎嚥的食相是少不了的。來大型食檔的，以收入較豐的師傅較多。

無論是大小食檔，吃了一頓飯，大熱天時，不論老闆、伙計、食客，無一不大汗淋漓，正如生活的洗禮，多了份痛快。

普通女工不會到大小食檔去吃飯，這些地方幾乎是男人的天下，她們的食量一般也沒有那麼大。她們有她們的去處，最受她們歡迎的應該是那些麪檔了。這些都是更加簡便的食檔，由木頭車推着，在街上佔了一個小小的角落。一個麪，幾粒魚蛋，就可以成為一餐了。

更多女工帶便當返工，不論天熱天寒，吃的都是同樣的飯。

在那個已無暇顧及環境衞生的環境裏，似乎從未出過甚麼衞生亂子。那是名副其實天生天養的時代，孩子和大人都是天生天養。這是殖民時期的奇蹟。有時會想，也許是天在可憐人。天知道這些勞工是病不起的，你叫他們生病，只會把他們趕上了絕路。

這是個令人深深懷念，但同時也是叫人無限傷感的年代。在那個年代，就是吃飯也成了工作的一部份。沒有那份年輕和體力，真的難以在那樣的環境下吃飯。

在這樣的環境下吃飯，有點苦中作樂的意味。天天面對着這樣的生活環境，這樣的吃飯場面，即使是最堅強的人，怕有時也會生了絕望的感覺。

人生是多麼勞碌呀！一個人生了下來，就僅僅為了這份勞碌？就在你幹了半天活兒，已經筋疲力盡的時候，還要拼着力氣吃飯，能有好受的感覺嗎？

然而也正是這份辛苦，在日後的記憶裏，這些場面都佔了特別的位置，那些色香味都已深深地印在腦海裏，再也淡忘不了。不但忘不了，那些色香味好像經了歲月的渲染，被誇大了。也許就是這樣，在後來的日子裏，即使你有機會坐上有冷氣開放的豪華酒樓，吃着美饌佳餚，那種享受的感覺，都遠遠不及街頭上曾經有過的一餐餐「美食」了。

工廠繁忙吃飯時間，還有另一道忽視不了的景觀，那是包伙食公司的工人，用小型貨車或單車，把用白布巾包裹着的飯菜送到工廠裏。午飯時，幾個工友就地圍坐着吃，吃完後再把空碟用白布巾包好。這樣的吃飯方式，已經完全無法找到驚喜，全然是為了填飽肚子，成了刻板的例行公事。勞累的工作，然後是刻板的吃飯，周而復始。只是，生活原本就是這麼個樣子呀！

這一切都已經灰飛煙沒。勤力謀生的食檔老闆，連同那些勤力的女工，一起灰飛煙沒，幾乎留不下一點痕跡。

一個時代終結，很多人迷失。

這種迷失很慘痛，因為人的日子總是要過，然而他們的生活之路突然斷絕了。那何止是影響及一代的人。

於是我想起了阿美。阿美就是個縮影吧。但她不能完全代表普通的女工。阿美可以代表的也許是科文這類稍高一點的職位，但這是否代表她因而有更加大的絕望？

當然不僅是電子業，規模同樣很大的製衣業和其他行業，也一樣。在時代沖刷下，有哪個女工可以倖免？

這是弱勢社群的悲歌之一。

# 二十世紀八十年代

# 本土地震紀事

這樁發生於八十年代初的大事，是本城後來發生根本而巨大變化的源頭。災難從未真正發生過，然而它給本城人帶來的折騰、痛苦、驚慌和絕望，不亞於一場真正的災難。

本城人沒有一個不相信，他們所棲息的地方，是一塊寶地。這個美麗港口不但以「香」為名，還有其他美麗無比的名字，例如「東方之珠」。自然界一切大浩劫，諸如火山爆炸、地震、龍捲風、海嘯、超級颶風，那怕是威力小的颱風，都會遠遠避開，好像對這座美麗城市特別眷顧。

然而那段時期，人人卻都相信了，一場地震浩劫難以倖免。這可見當時人心的惶惶然。要用「杯弓蛇影」來形容，那就輕描淡寫得太不像話了。

整個過程非常詭譎。

最初是一種沉悶的轟轟聲響，在本城人心靈裏回蕩。到底是甚麼時候開始困擾着人的呢？已沒有誰可以說出個所以然來。能夠肯定的是，凡是可以影響心靈，在耳畔縈繞不去的聲響，必然不尋常，。

聲響引起的困擾，開始在最親近的人之間，諸如家人、朋友、同事，惶恐地議論紛紛，然後像水的波紋，蕩漾開去。

口吻都充滿疑惑。

憂戚情緒具有傳染作用，大禍臨頭的恐懼氣氛，慢慢醞釀而成。

在酒樓食肆嘆茶的時候，在公司裏忙着事務的當兒，大家都願意抽空，以地震為話題，交頭接耳。甚至在車站候車的焦慮裏，平日冷漠的陌生人，一改常態，探頭探腦，一有機會，就鼓足勇氣，互相搭訕：「都聽見了吧，聲音很怪，真有甚麼事要發生了嗎？」聽見這些話的人要是不回應，那就麻木得不似本城人了。

「是的，是的，聽到了，奇怪呀！」

然而再怎樣交談，都不得要領。

這種情況，反而刺激更多本城人，更加巴望有人願意跟自己交談，好表達自己的隨時湧現的想法。

司空見慣的場面逐漸形成：大家一邊滔滔不絕，一邊候車，而在搭上車後，發現原來車上的人也在議論。不管你站在車上哪個位置，車頭、車中間或是車尾，發現都有人在議論着，有些議論竟然與你候車時表達的看法完全相同，好像總有某個人隨時隨地接替着你繼續說下來。見識竟是如此雷同，就生了知己的感覺。你於是明白了，只要你願意，隨時隨地插進話去，都可以引來眾人共鳴。這是在那種境況下，唯一可以引起的很美好的感覺。

縱使發表最無見地的議論，也有人熱衷傾聽。

本城太細小了。就算是一場雨，城東下的時候，就不必問城西是否也在下雨，整個城市，肯定同時在下着一場雨。那麼，整座城市同時聽到神秘的聲響，還能躲得過嗎？完全沒有耳根清靜的間歇，整個城市的憂戚和焦慮，在加強，擴散，滲透着。

這種叫人不安、鬱悶的亂局，最需要有人指點迷津。

但有能耐的人，或貌似有「能耐」的人，都突然消失了。

這是最經典的時代特徵。

一向愛出風頭的、精明的權貴人士，在大事肯定要發生的非常時刻，都懂得謹慎，自保，他們知道，必須看準風向。

他們敏感地察覺到，一場大變化，一個全新的時代，即將降臨，自己一小步行差踏錯，就是自我毀滅的一大步。而這一大步踏出之後，就是懸崖峭壁。

這些在平日裏總是站在最前線，恨不得每一刻都有人來訪問他們意見的權貴者，哪裏悟不出這樣的道理：要是真的有誰不知好歹，出面證實確有種神秘聲響存在，也就是說，在關鍵時刻胡言亂語，測錯了風向，他整個人算是玩完了。

反過來說，效果可能更糟。要是哪個權威人士言之鑿鑿，力言絕無其事，引起的疑惑、猜忌會無限放大，人人都下意識相信，定是要隱瞞某些真相，有不可告人的秘密。這種人會被視為妖言惑眾，罪不可恕。走慣江湖的權貴者有那麼愚蠢嗎？

只是，沉悶的聲響是不放過本城人的。它是如此確確實實地困擾着大家，並且已發展到折磨人的程度。時間一拖，眾人心神不寧愈來愈嚴重，憂戚和焦慮的情緒膨脹到某個程度，會不會爆煲？

有關地震的說法，就這樣適時出現了。

這種聲響就是地震的預兆。

到底是誰，這樣聰明，好歹說出個原因出來。

永遠是福地的本城，哪裏知道地震的預兆是怎樣的？急於有個說法的本城人，要是有人說是火山爆發的預兆，也會相信。

地震的說法，不脛而走，改變了本城人的話題。見面時，語調詭譎得竟然似乎帶點喜悅。

「地震快要爆發了嗎？聽那聲響！」

「快了。」

嘴巴說的是這樣的大災難，讓人的感覺卻是一塊心頭大石終於暫時擱下的輕鬆感。

態度最為積極的本城人，自告奮勇去尋找最能確認地震即將發生的權威機構。

然而一向被投閒置散慣了的天文臺，突然被委以如此重任，好像要表達不滿，發表一份明顯不合作的正式報告，像一盆冰凍的水，澆在生活於溫帶的本城人的熱情上。

最先進地震儀器檢測不到任何預兆。

天文臺言之鑿鑿。

已經久被廢了武功的天文臺，預測會準確嗎？

無數本城人的心靈感應，與高科技儀器檢測出來的結果，哪一樣才可靠呢？自我的很真實的感覺，就會背叛自己嗎？而且，千真萬確，是集體的感覺呀！

人心變得很詭譎，心靈荒蕪得很可怕。天文臺預測沒有地震，原是值得萬眾歡慶的事，卻引得人心更加浮動。主要原因大概是，本城人對甚麼都失去了信任。信任危機這種禍根，應該就是在這個時候種下的。

信任，原來是可以製造這樣的重負。重負愈來愈沉重，再也放不下了。

轟隆的聲響，在本城人的心靈裏回蕩着，有增無減，憂悒的情緒也與日俱增。曾經輕鬆下來的心，又沉重起來了。

本城人中，有很多是愛作弄的。平白無事，就已喜歡無事生非了，何況是在這樣的非常時刻！

那晚，這些人的作為，算得上是善意還是惡作劇呢？似乎沒有人願意去判斷了。

他們相約在午夜零時零分，在幾幢大樓天台上，發出地震警報。純粹想像出來的地震警報，倒也搞得似模似樣。

本城人夢迴驚醒，出於本能，最先聽到的是自己心房裏的沉悶聲響。然後，聽到了從戶外傳來的齊鳴的警報聲，極之淒厲。最初還在猶豫，繼而聽到樓梯間雜沓的腳步聲，知道是逃難，誰不珍惜生命呀！

街上人山人海，像盛大節日裏要放煙花的晚上。不同的是，以往盛大節日的晚上，熱鬧集中在若干地點，煙火燦爛。這個特別晚上卻不同了，鬧哄哄的場面釀成了倒骨牌效應，從這個區域蔓延到另一個區域，到了黎明時分，整座城市的人已湧到街上。

那一夜，不是煙花綻放，而是無數閃爍的星星，像無數好奇的目光，探究着這個罕見的人間奇景。

在污染嚴重的年代，天空上的星光，也算是個很大的奇景。

人間發生了集體癔症了嗎？

凡是這樣的場面，都會震驚世界。傳媒引述最權威的專家，指出這種情況令人憂慮，都認為這座都市的人，不可理喻的程度已超出了極限。不論從地理的現狀，實地的探測，過去的歷史，都可以提出有力證據證明，至少在五十年內，這座都市都不可能發生地震。五十年不變這個保證，是怎樣計算出來的呢？其實也不是有甚麼具體根據的。是最高權威者提供的一種信心保證罷了。專家認為，要是說，這都市的人真的感到震動，那已不是甚麼地理的震動，不是生理上感受到的震動，只不過是心理上的震動。

心理上的震動解除不了，只因他們對自己生活的地方沒有信心了。

按照常理，如果普世還有憐憫之心的話，城外的人，應該對這座因恐慌而快要淪陷的城市，施以援手。

本城人悟出一個重大卻是可悲的大道理，無論誰，如果不是身陷困境，就不會有切膚之痛。

比如說，被火燒，很痛。旁觀者也會同情地說，真的很痛。但，痛是你的事，不是我的事。也許這才是普世的心理。

一座身陷困境的都市，不論它說得多麼愁腸百轉，怎樣呼救，局外人都不會明白，當然都不會動容。

更可悲的是，本城人頓悟，他們之前的一切忙亂，都是徒勞、無聊而且是幼稚的。這之前說過了很多話，原來都是空洞無力，毫無意義。想了起來，也不禁會問自己：原來，我就是如此愚蠢嗎？

本城人變得沉默了，代替的是行動。有辦法的人，腳底抹油，毅然決然出走本城，趕快把那些甚麼「香」港，「東方之珠」的美好聯想忘記。這些人大都是所謂社會精英，最有見識，用行動來證明，他們也相信地震會發生。棄城是最實際的方法。

本城人心理受到摧毀的跡象，在日常生活裏日益普遍。

報紙編輯要是沒有地震新聞可發，一定會感到一天的工作還沒有完結，所做一切頓失意義。讀者讀不到地震新聞，失去了方向般的無精打采。兩個陌生人碰在一起，面對突然失去話題，不知如何是好，面面相覷。

傑出舞蹈家曾經根據據說是地震聲響的旋律，編成動作優美的舞蹈，在舞臺獲得空前的成功演出，推廣到民間，成了大受歡迎的街頭健康舞。只要幾個人偶聚一起，任何地點都可以起舞。據說這種舞蹈對於減壓很有效。

然而跳舞熱潮也突然消失了。

鬱悶氛圍，只會令整個城市更加沉淪。

然後，驚人的消息傳來了。

原來有一個秘密策劃已久的計劃，正式公布了。

政府一直強調地震是子虛烏有的事，甚至有一次，本城人對地震的恐慌到了臨界點的時候，到超級市場瘋狂搶購，簡直像暴動一般，當局曾啟動全部宣傳機器，來撲滅謠言。

但原來，政府卻已暗地裏委托各方專家，包括科學家、心理學家、經濟學家、作了慎重研究。最後認定建造地震屋有其必要，而且可行。

具體理據是甚麼，公報隻字不提，甚至連地震這兩個字也隻字不提，好像跟此事完全無關。「地震屋」三個字的出現就顯得特別突兀。

在不可能有地震的地帶建造地震屋，是新生事物。普羅大眾還來不及理解這項計劃的深意，還只知一味亢奮，另一項或許比地震更具爆炸性的決定，隨即公布了。可以用兩種比喻來形容眾人的反應：像一枚威力極大的炸彈，炸開了；像一盆剛從北極運來的冰水，當頭淋了下來，寒透了。無論是哪一種情況，引起的勢必是絕望的情緒。

地震屋只能有限度建造，因為適宜建造地震屋的地段有限，而且建造費昂貴，建造大量地震屋是無法承擔的。

這都容易理解，然而也正因為容易理解，一個事實就更加容易讓眾人明白了，明明有了逃生之門，卻即時被堵塞了。

為了盡快把事情定下來，入住地震屋的資格也很快公布了，只有那些可以對社會起着棟樑作用的人，才有資格入住。

本城人平時很少考慮到的一個殘酷現實，呈現眼前：正是這批有資格入住地震屋的人，最有本錢在地震發生前逃離。有個名詞形容這種人，叫做移民。

建造地震屋的計劃，按部就班進行，相信這樣的計劃實施好，地震問題就迎刃而解了。因為地震屋是給精英分子住的，所以就叫「居英屋」，入住「居英屋」的權利就叫居英權。

絕大多數得不到居英權的市民，以局外人的心境，看着一座座精緻的地震屋，果真建造了起來，那樣一種特殊的身份象徵，便異常凸顯了出來。那就不僅是對地震的懼怕了，而是深深意識到自己身份的低下。一座座地震屋，好比一座座泰山，壓在普通人的心頭上，是可以把人壓抑得透不過氣來的。電視直播喜氣洋洋的入伙儀式，本城居民卻變得更加沉默了。一個個都突然變得深思熟慮，那麼一副樣子，是可以叫人看了害怕的。

居英屋附近的空地，又在大興土木，原來是在興建直飛機機場，一旦真的發生地震，就可以迅速把居英屋的居民疏散。他們將會被疏散到一個叫「英」的地方，因而也叫居英，當然也可以稱居英權。

其實這批精英，還不能稱為權貴，他們只是權貴最有用的效勞者。真正的權貴者，是不必為甚麼地震而傷腦筋的。

本城一度陷入令人發怵的死寂，然而本城人素來也有叫人稱道的應變能力。因而，本城突然又變得充滿正能量，並不奇怪。這可以叫做自救，也可以叫做自求多福。這兩個名詞，偶爾會在眾人口中冒了出來，為的是在感到絕望時，得到一點即便是虛妄的慰藉。

動力來源於兩句話：「舞照跳，馬照跑。」

本城的精髓，全部概括在這兩句話之中。或許可以說，這是某種人士對這座城市的全部理解：這也不無理由，經了無數年的殖民統治，給了外人的印象是，本城人的靈魂大概已死亡了。要說還有甚麼剩下的，頂多也就是些官能刺激，也就是些跟靈魂無關的刺激性活動。

這是否算是對本城的誤解呢？在以後的幾十年，本城出現持續、激烈而又痛苦的掙扎，也有人說是愈來愈激烈的抗爭，這是否就完全不涉及靈魂的事？

或者，反過來說，因為這樣的誤解而作出誤判，沒有重視這座都市的靈魂，已為日後事態發展埋下了伏筆。

本城突然興起了全民跳舞熱潮，這是自救行動之一，以此來認同身份。本城人原就喜歡跳舞，只不過，這回變得更加狂熱了，像是一種垂死掙扎的狂熱。

貌似如此，其實不然。舞蹈愈狂熱，愈能表達一種理性，帶出一個信念，說明一個道理，本城雖然因為地震陰影而引致種種異變，畢竟舞仍可照跳，僅這件事已表明本城跟以往，根本不會有甚麼變化，可以放心。

沉寂了一輪的，動作美妙的地震舞，經過了更加精心的編排，變得更加激昂、奔放，完美配合仍在每個本城人心中震動的地震頻律，舞動起來，別有一番風味。就像戰鼓擂動，似乎有了蘊含其中的激勵意味，屹立不倒。

在著名維多利亞公園的六個球場和大草坪集體舞動時，營造的震撼性，仿如一場地震的發生，也就是說，仿如自己在製造一場地震。

人在激情中是會暫時喪失自己的。一旦迷失了自己，還有甚麼可怕的呢？有着一種比起迷幻藥更有效的作用。

舞蹈確實是遍地開花了。

特別是週末最適宜狂歡的時刻，不必說尖東海濱大道，銅鑼灣時代廣場那樣的熱鬥地點，就是在平時，在隨便那條街道的那個不顯眼的角落，只要稍有地震舞的旋律響起，就有人起舞，就有人加入，氣氛也就被帶動了起來了。地震舞的旋律，在每個地方都可以聽到。

在激情奔放中忘憂，成了本城生活目標。只有這樣，才會免於崩潰。除了舞照跳，還有馬照跑。

馬照跑已發展成一種淋漓盡致的奔放形式。

本城的跑馬是源遠流長的。就跟舞照跳一樣，是本城不變的一個重要印記。在狂熱跳舞聲稍逝時，豪放的馬蹄奔騰聲就負起了引爆狂熱的重責。無論是跳舞還是跑馬，都可以把地震聲掩蓋掉，在建立本城人的身份認同，起了重大作用。

要是把這些聲音配上歌詞，那一定是：「我們不變，我們不變。」

賽馬的日子，別說賽馬現場冠蓋雲集，人山人海，盛況當前，遍佈於各個角落的直播熒光屏，更是像磁石般，吸引着千千萬萬的人。無數人頭攢動的場面，與熒光屏上的跑馬奔騰動態互動，場面就轟動起來了。

馬匹奪閘而出，以閃電般的高速，幾乎同時到達終點，再眼快的人也難以分辨誰是勝者，只能借助電眼。這是本城追求速度的結果。本城已有一百多匹這樣的精英馬，賽馬的速度與年俱增，永無止境。

每個馬主，每個練馬師，在這樣的追求中都作出了貢獻，但真正重要主角是本城普羅大眾。本城人已習慣把每個月的相當一部份收入，投注在賽馬上。馬主的風光，在本城人熱情推波助浪下，一時無雙。

當然，要成為馬主，都屬於有頭有面的人的範圍。

本城也在不知不覺間發展成了一座數字城市。

數字後來已演變成這麼重要：沒有數字，這座都市就會死亡。

數字帶着本城特色，也以奔放的形式呈現。

甚至連市容都為之變了。

別說金融區主要大道上那些富麗堂皇的大型實體銀行、投注中心、大商舖、股票經紀行，都安裝了巨型熒光屏，就是在街頭巷尾，都可以看到小型熒光屏，日夜不斷閃動着，都在忙於把本城人的時間和空間填滿。

數字日以繼夜在螢幕上跳動着，股市的、外匯的、黃金的、無數說不出名堂的商品的……本城的數字市場已大大發展了，包括了本地的、大陸的、外國的。

本城人的狂熱達到了登峰造極的地步。本城人從種種最古老的、最現代的、最迷信的、最科學的、最荒謬的，最稀奇古怪的方法，尋找買賣數字的靈感。本城人在擠塞的車陣裏，太悶了，突然看到了就在車窗外的車牌號碼，經過巧妙組合，靈感頓生，一個幸運的數字組合就由此誕生。

為甚麼本城人會這般沉迷於數字？

非本城人，難以明白其中奧妙。

這種秘密，就藏在熒光屏上。

數字在螢幕上跳動，很像地震在地震測量儀上的頻率。

數字沒有發出聲響，但它不斷閃動，千變萬化，刺激萬分，此處無聲勝有聲，足以把本城人的聽覺、視覺和嗅覺，都掩蓋了。

這種掩蓋，絕對好過被地震聲響掩蓋。

這就是本城成為一座數字城市的由來。

姑勿論地震是否成真，本城人因為心靈受到巨大衝擊，不知在甚麼時候已形成了一種夙命的感覺。地震事件給本城人的啟示就是：面對着翻天覆地的，無可避免的，又是不能自主的變化，整整一座生活着有血有肉人群的城市，能不感到可憐嗎？能不感到無奈嗎？數字城市這個新的身份好，在「舞照跳，馬照跑」的傳統身份外，多了一個身份。

反正一座城市要有自己靈魂的事，就別提了。這座都市不會，也不應有靈魂的。

本城人知道自己的地方在變，但變到那個程度，已失去了自我識別能力。

這需要借助外來的眼睛。

這絕不困難，因為被本城的劇變吸引，前來獵奇的遊客大增。

來自五湖四海的獵奇遊客，一進入本城地域，莫不即被詭譎的氛圍籠罩着，凡是他們遇上的事，莫不感到荒謬、不可思議、神秘、高深莫測，這個蕞爾小城着了魔法了。他們不敢單獨行動，總是連群結隊。但本城的感化力也相當強勁，居住本城不久，他們也跟本城人一樣，感到一切都是合情合理。

離開後，才像擺脱了魔法，感到心有餘悸。

這些平民百姓，哪裏還敢再光臨？

後來，來本城的，只限於各類訓練有素的專家了。只有他們才有勇氣闖入，他們把本城視為研究集體癮症的，可遇不可求的實驗場。

由於專家來自實力雄厚的研究機構，為了讓他們住得安心，就有各種更新的地震屋建造了起來。這些專家的進駐，無形中，增加了本城的安全感，逐漸就凝聚了歌舞昇平的氣氛。

本城人中，總會有些人，靠了靈活的頭腦，憑着這場危機，轉化為機會，而發了大財的。這些人也跟着購置地震屋。當初説是適合建造地震屋的地段有限，其實只要有錢，甚麼事都能辦得到。當初説是建造地震屋的地段有限，極可能只是個欺騙大眾的説法。凡是大眾無法知道真相的事情，欺騙一下也不會大礙。

説起來也真叫人難以相信，逐漸有人想富貴險中求，移居本城，購置地震屋，地震屋就愈炒愈貴，後來，只有地震屋才算是名副其實的豪宅。到了後來，一個小小的三百呎單位，已要索取千萬元的天價。

本城不僅恢復風光，而且到了一個最新的、最美好時光。

不是有句成語嗎：「塞翁失馬，焉知非福」？

有得就有失。本城人已失去了思辯能力：這樣的變真的好嗎？

變化就是變化，再也沒有可能挽回。

只有本城人才能感覺到變化的微妙。

比如說，本城每個地區，總有那麼一種特殊味道，無處不在，可以讓你安祥。你原本是不在意這些味道的，因為在本城人的理解中，這種味道理所應當會永遠存在。不幸本城人慢慢覺得不對勁，味道變了，不是以往那種味道。原有的味道被外來的味道入侵了。

外來的味道也許也很美好，嗅慣了地道味道的本城人卻會不安。

況且，外來的味道再好，真的不討本城人喜歡。

遑論外來的味道真的不好。

味道只是顯示本城變化的例子之一。事實上，很多東西都變了。

本城人現在習慣說一句話：「一切都變得我不熟悉了，那個我熟悉的本城到哪裏去了呢？」

本城人突然頓悟，難道這就是困擾着他們多時的地震？每個本城人心中都有一條可以勾起他無限回憶的街道，一個可以看到美麗海景的碼頭……都消失了。

這比起一場真正的地震，把一切都摧毀了，更加徹底。

真的就是這樣？就像地震，讓舊有的消失，讓新的東西滋長嗎？

醫療專家指出，變，特別是會為人帶來種種不如意情緒的變，會讓人的性情改變。簡單地說，就是人心變了。這種說法基本上是對的。但人心變化至少有兩種，好與不好。而且，人心變得好與不好，不同的人又有不同看法。

地震之後，還有餘震。

本城人已習慣把本城的震動，理解為天災，既然是天災，或許可說是天威，那就不是本城人可以控制的。

# 都市愛情故事

茶餐廳

他們站在因天雨而顯得格外靜寂和灰暗的鬧市街道上。他們是那種不滿十五歲，其實還不大懂得愛，只是純粹開始被異性吸引的小情侶。

無論怎樣看，他們都不大像時下的都市少年少女，沒有那麼時髦，沒有從嬌生慣養的小康家庭出來的孩子的嬌氣。臉上未脫的稚氣是明顯的。奇妙的是，他們也有種似有似無的神韻，讓人看起來，他們在他們的這個年紀段，也有了相應的成熟程度了。這種成熟感，也許很大程度上受到父母感染，知道日子過得不寬裕而形成的。

那個少年，在這座繁華都市，衣着就顯得寒酸了。

他從皺巴巴的背包裏掏出了錢包，把錢包裏的幾張紙幣仔細地數着。錢顯然是不多的，這表現在他的數了一遍又一遍的困窘裏。

在整個過程中，小女孩都是靜靜地待在他的身邊，眼裏流露着憐愛的神色，乍看之下，真的很像是一對生活不大豐裕的小夫妻了。

男孩在她的耳邊説了些甚麼，小女孩的臉上綻開了一朵燦爛的笑。

雨還在下着，是毛毛雨。他們在交通燈亮起綠燈時，因沒有帶雨傘而急匆匆地手拉着手過馬路。

他們隨即走進一間小茶餐廳。

在他們以後漫長的一生裏，會不會記得這個溫馨而刻骨銘心的一刻？

縱使日後富貴了，像這溫馨的時刻，都不會常有。

因為曾擁有過這樣的時刻，要是偶爾想得起來，縱使一生日子都不大寬裕，也會帶來快樂的感覺。

## 冷戰

他們的冷戰已伸延到生活的每一個方面，由於已習慣了這樣的相處方式，即使有一方對另一方偶然表達了善意的關懷，也在不知不覺之間，幾乎毫無考慮，當是惡意。

這個時候，他們站在街邊。

就是在這樣的地方，由於他們之間已根深柢固的隔膜，也使得他們保持了一定的距離。只不過，還不至於完全喪失理智，他們知道他們之間保持的距離應該多大。

他說，你站過來一點，你已經站到馬路上去了。

她一聽到他的聲音，就有種出乎本能的厭惡。況且，他的口吻和他說話的內容，明顯是在管她的事。不禁惱怒了起來。

也許，可以說，這已經成了慣性。

這裏不危險。她沒好氣地回應說。

可是你站立的地方是馬路，哪個粗心大意的司機一不小心，把車尾一擺，隨時就會把你撞上了。

這裏很安全。

他真想上前去拉她一把，把她拉回安全地方。但他比誰都清楚，要是他真的上前去拉她，就會變成一場拉扯戰了。在當眾地方這樣拉扯，不會好看，而且變得更危險了，因為勢必是站在馬路上的拉扯。而且，他早知道會有怎樣的結果，他一定會敗得一塌糊塗。理由很簡單，只因為妻子對這種叫人尷尬或是叫人臉紅的事情，從來都不介意，甚至巴望着時不時就上演一場。

她無論在甚麼地方，任何場合，都會態度堅定地跟你糾纏不清，大幹一場，絕不退讓。因為，她不止一次表示，這是她唯一對付他的武器了。

此時此地，他想起了這一些，竟然渾身都發抖了起來。

我做錯了甚麼？他曾經這樣問她。

太多了，數也數不清。

這個時候，他在想，現在最好有一輛車來撞她一下吧！

心裏頭剛剛浮起了這個念頭，整顆心都抖了幾下。

也許真的錯在我，我竟有這麼大的惡意。

可是，要是她真的給撞了，麻煩的還不是他自己嗎？

令人厭惡的冷戰能結束嗎？

只是那些司機，看到一個女人那麼無畏地，冒死站在路口，倒是特別小心，車速都減慢了下來。

# 二十世紀九十年代

# 鼠

滿大姨突然來到我們家，留下了後來證實是不可磨滅的痕跡，是我們想像不到的。當初，我們只是對她懷着善意的好奇，一時接受不了她是我們的親人。母親從來都沒有向我們提及她，大概連她自己也早已忘了有這個親人，這是令人傷感的事。雖然是親姊妹，她們相處的日子短暫得叫她們不能在彼此的記憶裏留下印象。後來母親向我們提起此事的來龍去脈，也只寥寥幾句，說不出所以然。滿大姨就像那個時代的很多小女孩，年紀很小就做了人家的童養媳，而且過門不久就隨姨丈飄洋過海，到南洋謀生。母親說，陪夫出洋在當時是很少見的。母親只知後來姨丈突然暴斃了，滿大姨又改嫁，之後就音訊全無。一個女人，在異域像漂萍般生活着，本身就很有傳奇的意味，在我們看來，又實在有點不可思議。

比起滿大姨的經歷，我們家算是另一個極端吧！我們是個傳統的，守舊得不得了的小家庭，這全受了母親的影響。而母親是來自小農村，目不識丁，情況可想而知。在我們少時，雖說是生活於繁華都市，其實是生活在我們那個方言系的小小圈子裏，對外界簡直充滿了畏懼。滿大姨突然闖進我們家，她的那種被異族文化異化，因而傳統和習慣都異化的強烈形象，讓我們看得只有口呆目瞪的份兒。

在我看來，滿大姨的到來充滿了傳奇色彩。那時，我正倚在二樓窗口，看着午後難得一見的寂寥街景。我看着她從的士下來，的士司機為她卸下兩大件行李，我彷彿看到一個戲班女主角的到來。她很吃力地把兩大件行李拖過馬路，好像決心把她的生活習慣都一股腦兒搬下來。我就有了預感，滿大姨要來為我們上演一幕戲劇了，然而我怎麼想，也想不到後來的情況會是那樣。

母親後來說，滿大姨的到來沒有通知一聲，可是又絕對沒有要讓人意外驚喜的意味。如果我們有所察覺，有所準備，也不必後來為了她的怪異行為，而那麼措手不及了。

當母親應門，看到一名異族女子站在門外，幾乎立即斷定她是摸錯門了。滿大姨卻笑容可掬的從鐵閘縫裏，遞進一張已泛黃的照片，母親看了照片上兩個天真可愛的小女孩，叫了一聲「阿滿」，淚水已如洪水決堤般流了下來。

我們的屋子裏從此就彌漫着一股奇異的氣味，淡淡的，卻是無處不在，包圍着我們，隨時要侵蝕我們。也許根本就沒有那麼一股氣味，而只是我們的感覺，然而有這樣的感覺已足夠了。

我們家因而也多了異國情調。於我看來，滿大姨的服飾就像一個就要上舞臺的演員，失去了我們在平凡生活裏感受到的真實感，主要由綾羅綢緞裁剪而成的衣裳，很像母親供奉的觀音像的服飾，顏色豔麗，裙裾的飄動，讓滿大姨走路時顯得很飄逸，我因而感到滿大姨有着與俗世不同的超凡氣質。

最保守的母親卻是最早接納了滿大姨，在陌生的親情中對她的生活照顧得無微不至。母親後來很激動地對我説，家鄉有句話叫做「血跡搖籃」，忘得了嗎？搖籃裏有着她們的血跡。

語言上，也是她們最早溝通。幾十年的異域生活，又是少小離家，滿大姨對家鄉語言，應該早已忘了，然而母親偶然的一、兩句家鄉話，卻會有如閃電一般，深入滿大姨的記憶深處，在這樣的時候，滿大姨總會喜悅地跳了起來。這種情況往往令我很驚訝。

滿大姨雖然「奇裝異服」，但她顯而易見的和善，無形中讓我們接近了。印象最深的是有一晚，電視播出那首我們都很熟悉的「We are the world」，我發現滿大姨雙眼異常明亮起來，很動情地跟着哼了起來，音質優美嘹亮，唱的雖然不是英語版本，但我們都受感染了。

父親說，你看，在世界任何地方，普通老百姓都是善良的，每個國家，每個民族，都有優秀的文化傳統。我們小孩子不會想得那麼深入，但我想，滿大姨雖然被異族文化、習慣異化了，跟我們也不會距離太大，大概過了不久，她也可以融入我們的生活了。

我沒有想到，到了後來，倒像是我們被異化了。

滿大姨來了不久，農曆新年就來臨了。在傳統節日氣氛日漸淡薄的繁華都市，我們家卻依然保持着濃烈氣氛，這都是母親營造出來的。早在新年來臨的半個月前，母親就忙開了。

滿大姨滿懷興致卻又不免疑惑地看着擺了滿枱的年糕、煎堆等賀年甜品，她一定奇怪為甚麼突然就這樣熱鬧了起來了。

「農曆新年就快到了，」母親耐心地對她解釋。對於我們來說，這是很有趣的事，這樣顯淺的事情，還用得着說嗎？母親就有這種能耐，就像教導幼稚園學生似的。母親就有這種體貼別人的心。她也許說得有理，沒有見識過的事，就不會懂。

不像我們孩子，自己早已習慣的事，就當是全世界的人都知道了。

母親也不執着，解釋了這麼一句，滿大姨懂不懂，明不明白，也不再理會了。

可以聽得出母親聲音裏帶着的傷感，甚麼時候滿大姨才能理解農曆新年的含意呢？這個我們最大的節日！大概母親是想到這一點才傷感的，她必定是認為這個名詞是沒有辦法解釋的，只有生活在故土，生活在親人間，才能夠明瞭。

我永遠也不會知道，母親這樣說的時候，她腦海裏會不會冒出這樣的想法：我這樣想了解她，也想幫助她了解我們，可是，滿大姨也會作出相應的行動，努力來了解我們嗎？

大年夜，父親下班後帶了幾枚金幣回家，金幣上雕了栩栩如生的老鼠圖案。噢，不經不覺，今年又已是鼠年了，鼠代表着精靈，我不覺間想起了老鼠代表的種種出色之處。

父親把一枚贈予滿大姨，滿大姨以一種近乎少女的嬌態，驚喜地叫了起來，把金幣捧在手裏，眼神裏帶着不僅僅是驚喜的明亮，叫我暗暗納罕。

這一年，我們家裏到處都可以看到老鼠的圖案，哥哥姐姐不約而同，各帶了一本大型月曆回家，每一頁月曆都有活靈活現的老鼠圖案，栩栩如生像隨時都要跳出來。藝術家畫筆下的老鼠的造型也可以這樣精靈可愛，是我沒有想到的。

父親的朋友中，也會有人送給他老鼠圖案的瓷器，家人中也有集郵的，生肖是集郵的重點之一。凡此種種，老鼠好像又突然地侵入我們的生活裏。

我們曾經經歷一大段被老鼠侵擾的日子，那還是住在唐樓的時候，老鼠再可愛也引不起我們浪漫的感覺，但今年是鼠年，感覺卻又不同了。

老鼠是生肖，一提起生肖，那管是甚麼動物，都一律平等了，都談得上甚麼討厭不討厭了。分分鐘自己的子女、父母、祖父母就是肖鼠。你會討厭肖鼠的兒女嗎？真的討厭，你也不會選在這一年把他生下來了。人類的聰明同時顯出了可惡和可愛的兩面。再怎樣招人厭惡的東西，都可以想出種種優點來，而我們每個人，也不管有關的說法合不合理，只願欣然接受。我們的習俗，只能接受。十二生肖，有點像姓氏，每個人都有一個，只要是屬於自己的，只能喜歡，因不能拒絕呀！

但撇除了生肖這個因素，十二生肖中的動物，引起人類的情感，確實非常不同。有的很可愛、很忠誠，與人類的關係很密切。有的呢？令人生厭，令人生畏，令人敬畏。

我們在這樣的習俗中成長，早已習慣了這種微妙的差別，從來都沒有想到要向誰解釋這種微妙的喜惡。

要是真有一天，需要你去解釋，談到生肖，哪管甚麼動物，都不會有明顯而強烈的喜惡，而對着實物，反應又會完全不同呢？

是否可以這樣說，生肖是抽象的，而實物，則是需要我們去面對？

我想，至少母親遇上了相常特殊的情況了。滿大姨尚且不知道農曆新年是甚麼，那麼，對老鼠的微妙喜惡，又該如何對她解釋，她才會明白？

要是這一年不是鼠年，以後的情況也許就完全不同吧！後來我是一直這樣想的。如果在這一年我們不是給滿大姨太多不正確的訊息，給了她老鼠很受歡迎，可以登堂入室的印象，大概也不會發生以後的事了。待到我要向滿大姨當面印證我的這個想法，機會卻永遠失去了。

儘管存在着這樣那樣的隔膜，滿大姨住了下來，相處得也蠻愉快。母親曾擔心會有問題，叫我們若有不如意的地方，看在她的臉上忍耐點，母親試圖用親情來打動我們，說，我就只有這麼一個姐姐，大半生飄泊異域，好不容易回到我身邊……其實母親是過慮了，我們相處得還好。只是滿大姨融入新生活的速度比我們想像的都要慢，滿大姨好像還把她的心留在異域，忘了帶回來了。過了半載有多，姊妹相對，依然難以語言相通，母親有時會背地裏垂淚，我這姐姐命好苦……照我看來，這只是母親的感覺，母親善良而多愁善感，可是滿大姨是個樂觀開朗的人。我記得有一次，母親因一時感觸，而在滿大姨跟前落了淚，滿大姨迷惑地眨了眨眼，之後就「哈哈哈」的開朗笑了起來，連母親後來也很尷尬，覺得自己的傷感實在很不必要。從這件事上，我又想，姊妹倆的性格不同，大概也是和生活環境不同吧！我因而一直想着滿大姨是不是在一片開闊的田野長大。

不過，在另一個場合，我又發現滿大姨難以掩飾的抑鬱。有空的時候，我會陪陪滿大姨出去走走，不過，滿大姨對此並不熱衷。只要走在街上，看見熙攘的人群，叫人透不過氣來的高聳高樓大廈，滿大姨總會流露近乎畏懼的落寞神色，對都市的一切，她總提不起勁來。後來，我似乎找到了原因了。我們搭電梯下樓，中途停下時，好幾次我分明看見滿大姨對進入電梯的人，想要報以和善的微笑，卻被迎面而來的奇異的、實質是拒絕的眼神擋住了。那時，我想滿大姨是否已覺察到都市人的冷漠？

我並沒有把我所觀察到的事情告訴母親，免得敏感的母親又要憂慮一番，一切會好起來的，我想。我設法帶她到別的地方，例如公園，在這些地方可以看到無憂無慮的玩耍的孩子。我也會帶她去各個地區的碼頭，特別是中環和尖東，在這些地方可以看到美麗的海港。我看出了她的興致，雖然海港也被重重雄偉的建築群包圍了。

我常常看見她迎着海風深深地透了一口氣來，露着很愉悅的神色。我想，海，會幫她脫離像被困於碉堡的感覺吧！

可是不久，就發生了一件事，本來是好尋常的一件小事，滿大姨卻從此再也不想到碼頭去了。關於這件事，我當時也沒有感到特別奇怪，我只是很直覺的以為這是滿大姨善良使然。

是夏日晌晚，在這些溫暖得叫人懶洋洋的日子裏，清爽的海風有足夠魅力把人吸引到海傍去，碼頭總是很熱鬧的。這裏原是各式人聚集的地方，有西裝革履的白領、小官員、或到這裏探民情的區議員，當然也有穿着牛記笠記，隨意坐在欄杆上，或悠閒地坐在板凳上，吃着飯盒的上班族或退休老人。

我和滿大姨抵達不久，就聽到遠處傳來一陣喧嘩聲，好些人好像在追打着甚麼，不一會兒，幾隻肥肥胖胖的老鼠朝着我們這個方向逃竄了過來，用「逃竄」其實不大恰當，因為牠們其實是很從容又敏捷的竄到暗渠裏去了。

真正在追打的人其實不多，但吶喊助威的聲音響徹碼頭，整個平日悠閒的氣氛都變了，人們也不再那麼氣定神閒。

隨後發生的事情我們都意想不到，竄進暗渠裏的老鼠突然又竄了出來。這一回卻是慌張，渾身濕透。牠們必定想不到剛才的一場滂沱大雨，已使暗渠積滿了水，突變使牠們失去了平時的冷靜和敏捷，突然，有人把一塊大石頭砸下，地上馬上變成了一片殷紅。

那時我真的看得呆了，等我回過頭來，才發現滿大姨臉色蒼白，張大着口，她也許曾經驚叫過吧！

隨後一段日子滿大姨悶悶不樂，她甚至有點失魂落魄的樣子，甚麼地方都不想去了。

再過半年，滿大姨的抑鬱才慢慢消失，她開始懂得獨自外出了。我在她眉宇之間，又發現了喜悅。每次從外面回來，多少都買些日常用品和食物回來，開始烹調出異國風味的食物來，我們屋子裏瀰漫的異國氣味不僅更濃，而且也更有實質了。我們都為她高興。我隱隱然感到，她極力要在這座都市找到與她原本生活環境相同的地方，找到了，就會很高興，好像因此就得到了認同。我想，這會加速她融入新的生活環境。

不過，有時我百無聊賴的伏在窗口，偶然看見滿大姨在街上走着，我竟有種感覺，她還是不變的，她只是增加了她的信心，信心真的會使她更加不想改變。我看着她穿着濃厚異國情調的彩衣在街上穿梭，招惹來途人奇異的注目，已可以應付自如，步履充滿信心，這種揭示着她內心的堅強信念，不由得叫我產生難以言喻的奇異感覺來，這種感覺終於在那一天具體化了。

滿大姨那一天雖說帶給我們震驚，其實最初的反應是麻木的，難以置信的感覺攫住了我們。

滿大姨開門進來時，臉上掛着異乎尋常的喜悅，這種喜悅更具體的內容我形容不出，我只能說，那是怪怪的。滿大姨提了個雀籠，裏面蹲伏着一隻小動物。等到我們看清楚那竟然是一隻小老鼠，我們都像看到了一枚即將爆炸的炸彈那般驚叫了起來，沒有可能！

但，老鼠，我們怎麼可能認不出來呢？老鼠是我們的惡夢，是要除之而後快的。一向怕老鼠的母親躲在我們身後，她流露的恐懼神色，正反映我們共同的感覺。滿大姨在我們心中的善良形象，一下子垮了，或者說，變得陌生了。

然而滿大姨完全忽視了我們的反應，大概她被眼前的寵物迷住了。滿大姨逗着老鼠，就像逗着可愛的幼兒，臉上的慈愛神色表露無遺，我看了心裏發毛，一個人怎有可能對老鼠產生這樣的感情？

原來她是這麼一個人，回想起來，我們怎有可能在過去一段日子裏，跟她建立親情關係？跟我們預期的落差太大了。

我感到身後的母親雙手發抖，輕聲叫着：「天呀！」

滿大姨後來又把籠子打開，把老鼠放在掌上，溫柔地撫摸着。我們都害怕老鼠會突然逃竄，但牠很乖，始終在她的掌上安靜地伏着，牠的溫順跟其他可愛寵物無異。

本來將會是很愉快的晚餐被破壞了。滿大姨應該不知道今晚是中秋節，是歡樂的節日，她不會因為到處都看得見的，掛着的、提着的燈籠，而想起了要養寵物的念頭吧？

月圓，花好，是家人共團圓的美好日子，是講親情的美好日子。

滿大姨完全不知道這個美好節日的意義？

也許母親原本很高興，要向滿大姨介紹這個節日，卻來不及？

但滿大姨為甚麼要養老鼠呢？她為甚麼要這樣掃興？

老鼠使我們（特別是母親）想起了以往艱苦的日子，老鼠應該是貧窮、惡劣環境的同義詞。出沒的老鼠對我們造成了無窮盡的破壞，滋擾，而面對牠們，我們時常無可奈何，直到我們搬走，遠遠離開牠們。這一切我們是記憶猶新的。

我們因而驚覺到，接納滿大姨，不是那麼簡單的一回事。接納了她，理所應當的，也得接納她的那怕是怪誕的生活方式。

不接納，也得接納。

不喜歡，也得喜歡，這是不由得你的。

因為有着親情的關係。

意識到這一點，就像俗語所說的那般，像吞下了死老鼠一樣難受。

想來也真可笑，我們一廂情願相信她會融入我們的生活（這是正常想法），卻原來，倒是我們要融入她的生活方式。

而且，她要我們過怎樣的生活方式，我們就得過怎樣的生活方式。

滿大姨在我們毫無防備下，闖進了我們的生活，然後，老鼠又堂堂正正進入我們依然在辛辛苦苦供着的新居，我們連半點兒抗拒的能力都沒有，世事到了這個地步，不能不叫人氣餒。

我們的氣餒，慢慢地加添了不安、不舒坦的感覺。

老鼠對我們生活的干擾，比我們所能想像的要大得多。也許，我們想像不到的是，滿大姨對老鼠會有一種近乎虔誠的愛護，這完全超越了我們的習慣所能接受的範圍。

滿大姨在我們全家最忙的時候，卻佔用了浴室，細細地為老鼠洗澡，她一面洗着，一面用她的充滿感情的嗓子，哼着兒歌一般的旋律。當我們快要吃飯時，滿大姨卻佔用了餐枱，用從超級市場買來的食品餵着老鼠。滿大姨就是這樣不動聲息地搞亂了我們的生活秩序，把我們每一個人都弄得焦頭爛額。

晚上，在燈光下，滿大姨就會為老鼠縫製小衣服了，然而我們一點兒也不感到溫暖。自從滿大姨養了老鼠，她做的每件事都使我們目瞪口呆。我們覺得她的所作所為不但有悖常理，簡直就是荒謬絕倫了。但滿大姨覺得她所做的，都是正經大事，總是一絲不苟，甚至神情肅穆，再沒有甚麼事更重要了。

以好性情稱著的母親，顯然變得焦躁了。她一生裏追求的，也不外是平靜的、有秩序的生活，然而這樣的生活顯然正被破壞着，好幾次她憂心忡忡地問，到底我們該怎麼辦呢？

我們想不到會在這麼一個問題上傷腦筋，好像我們的行事也變得荒謬了。我們可以說，老鼠是種壞動物，這種人見人打的動物不該養，我們隨時都可以說上很多憎惡老鼠的理由來，可是現在為甚麼突然間我們又不能理直氣壯地說出來呢？

也許這才是最可怕的。

我們連據理力爭的勇氣也不知怎樣消失了。

滿大姨有一種我們還不太理解的，還不知道如何去應對的強勢。

現在，只要我們坐到餐枱吃飯，或站在浴缸裏洗澡，老鼠的形象就很自然的在腦海裏浮現，我們必須經歷一段不知多長時間才能適應下來，母親很多天都嚥不下飯。

可是在滿大姨呵護下，我們不能不相信，老鼠也可以很尊貴地生活着，尊貴是在被別人服侍時體現出來的。

日子一長，在心理上，就有種連自己也把握不住的不平衡。有時，深夜路過，在陰暗的角落，看見市政總署貼出的告示，說是附近已放了老鼠藥，又看見老鼠狼狽的竄過，想着我家嬌生慣養着的老鼠，我想不出這是怎麼的一個世界。

我們似乎有種預感，似乎一直在焦躁的等待中。母親擔心的事情終於發生了。然而事情的發生好像也終於讓母親鬆了一口氣，這看來是難以想像的反應，其實在剎那間，這樣的心理反應確實存在，要發生的終於發生了。

這不過是很短暫的時間，面對既成的事實，母親的反應很正常：臉色蒼白，喘不過氣來，總之束手無策。

母親手裏拿着一張被咬破了幾個洞的被子。她知道是被老鼠咬破的，在這方面她有太多的經驗了，一看就能看得出來。但她不願相信，這樣的想法叫她渾身不自在，想到老鼠就在自己睡着的牀上鑽來鑽去……

最主要的還不是因為被子被咬破了，而是，我們由這件事清楚看到了，滿大姨養的老鼠，跟我們早已熟悉而厭惡的老鼠，畢竟是沒有甚麼本質上的差別，滿大姨對老鼠病態的呵護，曾經讓我們生了個錯覺，以為她養的老鼠與眾不同。知道了真相，有時會叫人難受的，我們想嘔吐的感覺，加倍了。

好幾天，母親顯得神不守舍，這是我們不但得面對，而且還得忍受的活生生的惡夢，何時才可以了結呢？

以前對付老鼠的策略，現在還用得着嗎？

滅鼠？

母親在萬般不得已，才去問滿大姨。她拿着穿了洞的的被子，指着破洞，對滿大姨說：「穿了洞了。」

「該不會是老鼠咬破的吧？老鼠一直都是被關在籠子裏呀！」母親的語調怯懦，聽得出含着歉意。心地善良的母親一定是感到這樣問滿大姨，是件不近情理的事。

但滿大姨聽了，出乎我們的意料之外（敏感的母親一定會感受更加強烈），笑了起來，回首看了看籠子裏的老鼠，說：「噢，你瞧這個小東西。」

滿大姨已初懂本地話，她的反應簡直讓母親呆了。母親覺得滿大姨現在是把她當成投訴頑劣孩子行徑的，而滿大姨卻毫不掩飾偏袒老鼠。母親是無法相信的，有這個道理嗎？

滿大姨完全不關心母親的反應，也許她的全副心思都放在老鼠身上，再也顧不了其他。她毫不掩飾流露着她的喜悅，甚至用很讚美的語氣說：「前天沒有人在家，我把牠放了出來。怎麼？牠就把被子咬破了？」

母親雖然脾氣溫和，此時再也沒有辦法掩飾鐵青的臉色了，雖然是極力控制着，開腔說話時，簡直像是哽咽着了。

「不會有人喜歡老鼠的，你怎麼就會喜歡了呢？」

滿大姨這才發現母親神色有異。滿大姨素來不在意外界的反應，也許覺得沒有必要去注意，但現在她注意到了，臉上不僅流露出詫異的神色，而且語帶委屈。

「老鼠有甚麼不好呢，牠不也是乖乖的嗎？」

「你還要牠怎樣才算不好呢？老鼠的禍害是每個人都知道的，那還用得着說嗎？」

「每個人？我就不知道，你倒再多說出幾樣老鼠的禍害出來讓我聽聽。」

「不守規矩，到處賴屎賴尿，傳染病菌……」

母親是老實人，不善辭令，但她看來有點氣昏了，竟很順暢地說出了一大堆老鼠的壞處來，不過，她突然停住了嘴。母親也許感到她這樣談老鼠，就好像對一頭老鼠，已跟對一個正常人的要求無異。突然感到自己也很荒謬，那種震撼感，是可以很強烈的，是對自己不知不覺中的變化，感到不相信。

不是嗎？對一個正常人，你才會這樣怪責。自己也在甚麼時候，把老鼠當是很正常的東西，至少把老鼠看作像寵犬和寵貓一般。

母親的話説得這麼急，滿大姨無法聽得懂，但滿大姨卻注意到母親突然把話打住。滿大姨一定理解這是母親語塞，立即露出了笑容，那笑容帶着了勝利後的寬容。

「唔知，真係唔知？」滿大姨這句本地話問得很地道。

滿大姨的姿態有點咄咄逼人。

這算不算是母親與滿大姨的一次交鋒？但母親是從來都沒有想過要跟滿大姨交鋒的。

老鼠叫人討厭，是人人都樂於接受的概念，這樣的概念根深柢固，不會有人質疑，追問一句為甚麼討厭。

但如果有人突然追問呢？

在這種情況下，一個很重要問題值得思考，正不正常？

追問者和被追問者，那個更接近不正常？

我們當然認為母親是正常的。她的反應，是一般正常人的反應。

但事情不一定就是這樣，滿大姨愛護自己的寵物心切，因而她才理直氣壯，咄咄逼人的要母親再說出幾樣老鼠的禍害出來聽聽。滿大姨還把母親的反應看作是理屈，而她自己一點兒也不理屈。

母親可說是落敗了，母親的落敗全然是滿大姨可怕的自信。母親心中縱有百般理由，在滿大姨面前卻像是遇上了銅牆鐵壁，一切都不成理由，垮了。

母親咳嗽了起來，我扶了她坐下來，喝口茶。

以後的人生，母親遇上的這種不堪的情形我也遇到，還可以說，不會遇上那是不可能的。對方完全沒有道理，但全部「道理」都在對方那裏，因為「道理」不代表有理，「道理」往往是強勢者的「道理」，有理說不清。這就是人會感到不公平不公義的主要來源。至於甚麼原因造成了這樣的情形，我相信每個人都會有機會去體味，問題只在於你是否有意去追問，或是遇得太多，麻木了。

總之，滿大姨全勝了。我們覺得莫名其妙，覺得不對勁，但一切都已經是事實。在我們那個小小的世界裏，好像一切都顛倒了，只允許我們去適應。

母親經此挫折，老鼠從此名正言順做了我們的主人，牠的吃喝拉撒，挑動了我們的每一條神經，我們的生活被牠俘虜了。有時，我會覺得老鼠變得有靈性了，滾着骨碌碌的眼睛，露出惡作劇的眼神來。

其實，這件事已過去很久了，在我寫下這段往事時，印象已經相當模糊，如果不是二哥的緣故，這件在我少年時期發生的事，或許早已在我的記憶裏湮沒了。縱使有過恐懼、不愉快，到了現在已引不起半點刺激。好像有了二哥，才使這件事有了回味的意義。我不知道為甚麼會有這樣的感覺，但，那時候的二哥是很特別的。

滿大姨突然飼養老鼠，而使我們一家人都坐立不安的時候，只有二哥對滿大姨抱着同情的態度，對滿大姨的舉止，不但不覺得奇怪，而且應該說是欣賞的。也許正是如此，才會使母親又擔憂，又莫名的惱怒。有一次她就以母親的權威，責罵了二哥。

「你不該為滿大姨推波助浪了，把一個家都搞得雞犬不寧。」

「我不推波助浪。」

「你想想你的作為，你的笑，欣賞她的笑，使人惡心。」

「你該設法去了解她，畢竟，她是你的親姊妹。」
「還要我去了解她？」
「很多奇妙的，換句話說，奇異怪誕的事，經了解了，就可以悟出道理來，就不覺得奇怪了，就不那麼讓人震驚了。」
「還可以悟出道理來？」
「滿大姨就幫助我了解了一個道理。」
「你倒說出來給媽聽聽。」
「是你該去了解她，至於我悟出來的道理，說了出來只怕你愈弄愈不明白。但肯定的是，滿大姨幫我想通了一個道理，我的不愉快因而得以減輕了些，也可以說，我變得愉快了。」
當時我就坐在沙發上，聽着他們的對話。我看見二哥面帶微笑，我看見那笑容帶着怪誕。
母親為了這件事哭了一回。母親為了兒女的事而牽腸掛肚的哭泣，最能牽動我的情緒，只要她哭了，我總會毫不保留站在她一邊。

我想，母親一定不明白二哥到底徹悟了甚麼，我也這樣想，因而我覺得二哥不可理喻。

二哥即使說他已變得快樂了，在我的心目中，他依然難脫悒鬱的情緒，這種感覺，直到他出國後才慢慢消失。二哥出國後寫了唯一的一封信給我，說他出國是想了很久的事，他得轉換個環境，他不能一直這樣在鼠一般的環境裏生活。他在信中提到老鼠，使我怔忡了好一陣，他提到老鼠必定是與滿大姨飼養老鼠有關，但我實在不了解這句話。

二哥出國後的第五年，卻是我再提起有關老鼠的事。

我寫了一封信給他，信中我說滿大姨終於搬走了。滿大姨是在一個很晴朗的早晨搬走的，她去時就像來時一樣，實在看不出她有絲毫變化，她甚至是穿着來時的服裝離去，行李還是很簡單，依然是從異域帶回來的兩箱衣服。當然，她離開時，多了隻老鼠，母親在這樣的場合自然是哭了。

信尾才是我真正想說的話，我提到了一個迷惑，一個其實是我再看不到結局的迷惑，我說，如果滿大姨繼續在我們家住下去的話，最後的情況會變得怎樣？

滿大姨呵護下的老鼠在嚴格意義上來說，已不算是一頭老鼠了，牠的皮毛發亮，豐腴的體態使牠帶着貴婦般的雍容華貴，牠再也沒有老鼠慣有的鬼鬼祟祟的形態，步履幾乎可說是大方得體。

比起一般老鼠至少大了四、五倍的滿大姨的老鼠，只有牠的骨碌碌的眼睛和無法改變的長尾巴，還偶然叫人想起牠是老鼠。在電梯裏，牠曾叫一個纖弱的女子驚叫了起來，事實上是嚇得短暫休克了。可是幾個月後，連這個女子也接受了滿大姨的老鼠。她最初是縮在一角，最後，她竟也能露出個笑容來。

我一直感受到滿大姨身上所散發出來的魅力。由於她的魅力，老鼠才會閃閃發光。我愈來愈相信是滿大姨的絕不容人置疑的自信心，最後把大家都征服了。在這裏我必須回過頭來，敍述一段我度過的惶惑的日子：家裏養老鼠的事終於傳開去了，正如我預料的，同樓住客一見到我，少不免流露古怪的目光，就像鏡子一般，如實把我身上的古怪反映在她們的眼睛裏。她們的眼睛就是鏡子，我身子的古怪有多少，鏡子就反照出多少，我的身體是否也已變了形，或我的身上沾上足夠讓人產生強烈反應的異味？

鄰居的目光充滿了赤裸裸的侵犯性，要是碰上一個更加好事的「八卦」的人，我肯定就要遭殃了。事實上，在那樣的環境下，我就像那頭被豢養的老鼠的替身，只能任由他們以咄咄逼人的口吻，對我鞭問。

老實說，我覺得，他們的反應是正常的，不這樣反而不正常了。他們對我的反應，就如當初我們對滿大姨豢養老鼠所作出的反應一般。我在他們的詰問之下，必然就變得狼狽、心虛和可笑。

「你家住進了一個外國人了？」

「不……」我想解釋，因為我覺得，這是個很荒謬的問題。

「她豢養了頭老鼠？」

「她養了……」

「每個人都巴不得把老鼠趕盡殺絕才痛快，怎麼你們倒是要養起來了？」

我本來要說，我們是無奈的，但腦子很自動地轉了個彎，結果變成了：

「我家那一頭不同。」

我的口脗變成了維護。

「怎麼不同呢？」

面對這樣的狀況，感受會好嗎？

但我的心理也在產生微妙的變化，在類似沒完沒了的詰問中，逐漸產生了一種奇異的、難以言喻的平衡能力，即使是受到奚落、嘲諷，我都能保持心情平靜了。我想，這是不是就是人的自療能力呢？否則，長期下來，那還得了！我看得出，奚落、嘲諷的人，對我的忍耐，也感到驚訝。只有我知道，在這樣的不可避免的轉換過程中，我的心理已逐漸發展到一種危險的極端。在我們那個小小的家，氣味已完成改變了。老鼠已儼然成了我們的主人。後來我嘗試去了解老鼠的一舉一動，想從中找出具體的意義來。我觀察了好久好久，我發現牠冷酷無情，永不正眼看人，牠是永遠也不想跟人家溝通的。猛然，牠會突然轉動了一下眼珠，瞟了你一眼，叫你不知所措，甚至心底生毛。

到底牠在甚麼時候已銳變成了我們的主人？到底我們甚麼時候已不得不淪落到老鼠一般的生活？

我完全明白，我的舉止已滑向失常的、瘋狂的邊緣，別人的嘲笑，又似乎提點了我，把我拉回正常中來。

我不知道如何說明這種關係。正常還是不正常？

一個人處於不正常狀態，好與壞都分不清楚了。

是非混淆，就不能說是奇怪的事了。

後來事情發生了我想像不到的變化。

不知從甚麼時候開始，鄰居對我咄咄逼人的口吻，莫名其妙地消失了。

我甚至隱隱然地感到，他們的口吻已轉變，帶着奉承的意味。要是他們久不見老鼠，就會很溫馨問起牠的近況。我突然發現，他們也跟我一樣，接受了老鼠。

我把這些都告訴了二哥，二哥必然會了解我為甚麼會寫信給他，向他重提了滿大姨養老鼠的事。畢竟他對老鼠的態度，也曾引起別人的驚訝，不解。

他是否會告訴我，他的一些我絕對意想不到的感受嗎？他能為我解開後來出現的老鼠崇拜症的迷惑嗎？

二哥的回信比我想像的來得遲，我幾乎想到，他會怪責我，為甚麼還要向他重提這樣的事，為甚麼要抓住他不放。

但他畢竟提到了，只不過，只在信末簡單交代了幾句。

「關於這整件事，我其實早已忘記了。然而有一種感覺，仍然很強烈。你有曾這樣的經歷嗎？有件甚麼事情，你真的甚麼都忘了，但由此事留下的一種感覺，再怎樣都別指望抹掉了。為甚麼會這樣，我無法準確說得清楚。是對人生的一種頓悟，還是一種靈魂上的創傷？你想，這中間有多大的差別，但又分不清。」

「我想，大概是，一件大家都認為是荒謬絕倫的事情，滿大姨卻能以堅不可摧的自信堅持了下來，而且化為正常的事，也真是得很有能耐的人才做得到。更重要的是，對我個人來說，恍如頓然明白了一個道理，這樣可怕的事情真的是可以發生的。這樣的感覺你以為好嗎？當時正值初入社會，讓我看不懂看不慣的事，洶湧而至，恍如至身於滿大姨在家裏養老鼠的環境，我的感覺就特別強烈了，人對荒謬絕倫的事情，是可以適應的，發展到了最後，甚至還會欣賞、感恩，因為有了這樣荒謬絕倫的事情，我們才會不同。這算是正常嗎？但如果我們沒有這樣的適應能力？我們要怎樣把日子打發過去。所以我認為，滿大姨訓練了我，讓我適應了環境，對於別人來說，是匪夷所思的事。自然，在那時，我對滿大姨確實心存感激，是不會有人了解的。」

我捧着二哥的信，呆了好一陣，有點明白他的意思。一個人對世事的理解，是一個悲哀的過程，悲哀的原因是，在你真正成熟後，一切你感到是真正珍貴，有價值的東西，都不是你能掌控的，你不但認識了這樣冷冰冰的現實，還得去適應。一個人對世事的理解，是一個悲哀的過程，就是這樣。

這一年冬天，感覺上連一道寒流也沒有流過，溫暖的天氣又已經來臨了，但心底裏卻發冷。我又想起滿大姨在我家度過的那幾個寒冬裏，零度寒流下，她的蒼白的神色。我想，一直生活在熱帶的滿大姨，移居這裏，一定有過一大段不習慣的日子吧。一個晚晌，我又去很久沒有去過的碼頭，發現老鼠多了起來了。牠們其實是大批的在人們的腳下竄來竄去，快樂而且從容，似乎再沒有人想到要把老鼠驅趕。一個坐在欄杆旁的阿伯，把剩飯向牠們潑去，露出寬容的笑容。阿伯潑飯的動作，似乎是一種慈祥的手勢，連老鼠也有靈性，也看得出來。也許，阿伯的這個手勢，老鼠都看慣了，因而不但不驚慌，反而圍攏了來。這種情況我看了，也不禁莞爾。

我的心態，變得連我也不認識了。

不久，我又為二哥修了一封信，告訴他上封信我忘了告訴他的一件事。

我說，滿大姨離開時，臨出門還對母親說了一番話，大意是說：「我終於明白了，我養老鼠的事，帶給你們很大震驚和不安，但這是我最近才真正理解到的。我只能說聲抱歉。不知道以後你們會不會體會到，有些事情要真正明白理解，太難了。」

之後我也出國了，到距離二哥更遙遠的另一個國度去留學，然後像很多人那樣，在當地生活、工作，昔日的一切好像與我一刀兩斷。

我真有這樣一種感覺，離開一個叫你不怎麼舒服的地方，也許就是把一切都一刀兩斷的最好方法。

滿大姨的那一番話，跟我完全不相關了，拋之腦後唯恐不及。

全新的環境使我可以過着全新的生活方式，因而我不能說，過去的經歷帶給我好的或負的影響。然而我的生活態度，卻日漸走向一個我完全控制不了的極端，我對生活的感覺愈來愈遲鈍了。而且，我愈來愈以一種近乎離群索居的方式過着日子，有時會感到，我是不是得自喜歡安靜生活的母親的遺傳。但仔細想了一下，其實跟母親是不一樣的，我對生活的態度有連自己也會吃驚的地方。我覺得，是非黑白再沒有意義，過份執着是非曲折會讓自己陷入困境中，生活裏的快樂感就更少了。不知是我的生活經歷或學識使我變成了這樣。然而我總是排除這是過去生活陰影所致的後果。

這一年我回港，感到自己真是個不同的人了。

一個悠閒午後，母親要我為她整理一批積存的舊書信，不要緊的，就清理掉。我在這批書信裏，發現了一封已泛黃的信，竟是在我出國後不久，二哥寫給我的。

這封信把我快要湮沒的記憶連接了起來。信裏二哥提到滿大姨的事，在我看來，已有恍如隔世的感覺。他說，滿大姨臨出門時，說的那番話，使他產生很悲哀的感覺。

「我想不到她會這麼說，我由此突然領悟到，人生為甚麼會有這麼多困境了，有的是有意製造的，有的卻是莫名其妙產生的，雖然都會引起人的痛苦、驚恐，本質上是不是一樣？但這不是我最刻骨的感受。後來我認真地想了想，那時我極端的悲觀和厭世，是由一個同事引起的。說起來這位同事遇上的事跟我無關，為何我又會有如此強烈的反應呢？那時我的感覺是，生命裏再遇上希奇古怪的事，也不可怕，真正可怕的是，你到了人生的某個階段，發現再沒有逃往他方的能力了，已被困死在一個地方。這樣的階段，我還沒有經歷。但我那時親眼看到了那位中年同事像中了亂箭一般地，驚心動魄的痛苦掙扎，而沒有人可以向他伸出援手，當然包括了我自己。他雖然痛苦，仍要掙扎，表示他仍有強烈的生命力。要是一點也不掙扎，那就給了更大的絕望感。」

我呆了，絕望感，這三個字叫我呆了。

母親問：「寫了些甚麼呢？」

我問：「二哥近況如何？」

母親嘆了口氣：「他自小就叫人操心，叫人摸不着他心裏想的是甚麼。最近他有來信說，到非洲去了，參加甚麼救援工作。你看他，那不是叫人操心？」

二哥一度表示他很衰老。他的生命在枯萎下去，而且再也沒有重生的希望。

二哥不是真的衰老，一個人要是真的有追求，即使生命的火花熄滅了，也可以重燃。

只是我強烈感到了衰老感覺。

生命裏有過火花閃爍的時候，至少，在看到滿大姨以橫掃一切的信心，豢養老鼠的時候，有過驚奇，覺得荒謬，然後逐漸麻木，認同一切合情合理。

對了，要是滿大姨沒有離開我家呢？我會安於她為我製造的那種荒謬狀態。

而我的外表呢？不依然是個外表很正常的人？

我把信摺好，放進褲袋裏。

世界上不會有像滿大姨這樣的好人，願意自動離開。要是她不離開，你也別想趕走她。要是她以暴虐的方式體現她的存在，不是也得接受嗎？

這才是最真實的人生。

你離開了老鼠主宰的地方，但可能你的心靈已永遠被佔領。

這才是最深刻的悲哀。

（一九九六年中文文學創作獎冠軍）

（入選也斯、葉輝、鄭政恆三位先生編選的《香港當代作家作品合集選》）

（有關〈鼠〉的評論，可參考黃子平先生著作：《害怕寫作》裏的文章〈關於兩篇獲獎小說的對話〉，頁一〇八至一二六。）

# 心情

母親用手指着公園，對緊張不安的他，柔聲地說聲「你看」的時候，他放眼望去，就看到了陽光下那尊雕像。這是母親去羅湖海關，接他來港的那一次。以後整個童年，每當他到公園玩耍，總會不期然想起母親那個手勢和安慰他的安祥神情。到港後，他知道母親整天在不見天日的工廠工作，總會想像，要是母親即便僅有一個機會，跟他到公園曬曬燦爛陽光，悠閒坐一會兒，享受公園裏的閒逸和花香鳥語，該是多麼美好的事呀！母親好像完全不知道到公園的樂趣，她白天到工廠做工，晚上要是沒有加班，就在家裏做手工。對母親來說，做工比享受更重要。後來他知道，這是她們那一代母親的標準生活方式。那是六十年代初的事。

他後來感到他找到真相了，由此突然湧起的傷感，再怎樣也壓抑不了。

那尊雕像，原來是高高在上的，尊貴的女皇，而母親，是被壓在社會最低層，收入低微的女工。兩個女人的尊卑，怎可以同日而言？因而她們的遭遇，必然是天淵之別，一個是永遠的悠閒尊貴，一個永遠是低微勤奮。

兩個女人真的就沒有關係？

其實是有的。母親離開窮鄉僻壤的鄉下，突然成了一個外國女皇的臣民。即使兩個女人距離得那麼遙遠，卻有了一種近乎夙命的奇妙連結。

當日，母親為他指着那尊雕像，一點兒也不知道她的身份。然而，女皇確實改變了母親的命運。他在羅湖海關第一眼看到分離了幾年，比他先來這座都市的母親，就強烈地感到了這一點。母親顯得自信得多了。他甚至感到母親年輕得多。

後來，他很自然就找到了原因。在鄉下毫無地位，看來只能終生仰人鼻息的母親，突然有了個來這座都市的機會。在他看來，對母親來說，更重要的是突然有個自力更生的機會。

工作很辛苦很辛苦，但每個月都有一份很實在很實在的收入進入她的錢包。工資很低微很低微。但似乎工作愈辛苦，工資愈低微，就愈能突顯她的價值，這給了她很大的自信。

他相信他沒有觀察錯誤，對於母親來説，這是一座美麗城市。

雖然，日子過得很苦很苦，租住在沒有窗口的小房間，帶飯盒返工，到吃飯時，都變成冷飯了。

但母親覺得一切已很好了。比起以往的命運，好得多了。還有甚麼比起把命運掌握在自己手裏好呢？

這是怎樣的一種人生呀！

這座城市在母親眼中是無比美麗的，但對於他來説，不是！他沒有母親那樣的苦難經歷，感覺就完全不同了。

實際上他到了少年，性情就變得很多了，這是他成長路上不可避免的要付出的一份代價。他不再那麼悠閒，甚至有種繁忙的感覺，那是腦子在繁忙。他時常想着因為心智尚未開，而困擾着他的種種問題了。到底是他早熟，還是天生的多愁善感？

他無法想像豎立在美麗公園裏的雕像，是在甚麼時候塑造的。她渾身的銅鏽叫他想起悠長歲月裏的漫天風雨。歷史的風雨會把即便是一尊雕像，也洗刷出一種歷史的凝重感。無情的歷史在她身上體現一種不可抗拒的威勢。

在一個秋風送爽、陽光普照午後，他走過一片綠油油的草地後，沿着一條小路，走到雕像下，曾不禁打了個寒噤。

她豎立在那裏，是要叫人想起歷史嗎？

其實他並不懂得歷史，好像是天生的缺陷。一來到這座都市，他就感到他一直生活在一個沒有歷史感的環境裏。而且後來他隱隱覺得，歷史雖然還不至於是一種禁忌，卻也總叫人不願想起、提起。就是這麼一種氛圍，一直圍繞着他。

後來他又知道，懂不懂得歷史並不重要，歷史不能改變。當他來到這座都市，一切已是歷史。他後來看得清楚了，一座代表着歷史含意的銅像，注定可以影響他的人生。不僅是他，還有生活在這座都市的每個小人物。

但這種影響，到了九十年代，跟六十年代雕像對母親那一代的影響，已經截然不同。

最主要的也許就是，這座城市即將來到一個新的歷史時期。

整座都市新興舊之間的交替，產生的影響，就不像六十年代對母親那一小群人的影響，而是每一個人。新與舊之間的交替，再怎樣，都會讓人產生集體的焦慮。

而且，到了九十年代，他已因經歷太多世情和見識了各種人等，人生觀已不免帶着太多無奈。整個感覺就完全不同。

小時候，當他看到老祖母每天頂禮膜拜着供奉在廳裏的小神像，他總不相信那麼一個沒有生命的東西，可以主宰人的一生。

到底是不是少年無知？他曾經覺得他的生命一開始，已完全可以把持自己的命運。然而，突然在那個春光明媚的早晨，他豁然明白了。

那時他站在雕像下，哀傷地想着這一些。

祖母的小神像，主宰着祖母的一生。而公園裏宏偉的雕像，也在主宰自己的一生。

他沒有像老祖母那樣，每天頂禮膜拜。但公園裏的雕像主宰着自己命運的感覺，是如此鮮明、強烈，簡直擺脱不了。

就是在那一天，他第一次認真地思考着夙命的問題。

可是，現在，正當炎夏接近尾聲的時節，他卻在構思着一個遙遠年代的故事。他的感覺，好像是要逃避他生活的時代，逃到一個飄渺的年代。

其實不是這樣。

為了生活，他寫起歷史題材的劇本來了。

詭譎的是，就因為要寫劇本，他又被迫思索着夙命的問題。

要寫的是遙遠時空，瑟縮在另一個權威下的另一群人。

他甚至感到，在歷史的曠野，還可以聽到他們傳來的悲切的哭聲。

歷史總要叫人不寒而慄。

從歷史的長河，隨便選取一個朝代，或綜合幾個朝代來寫都可以。因為他要寫的題材，在現在想起都還會讓人覺得痛苦的長長歷史裏的每個朝代，都存在着。

歷史長河裏，有過這麼一個帝王。

他很特別。

或者可以說，他把這個君主構想得很特別。

一個統治着一個大國，在漫長的十五年歲月裏，完全不視朝政的君主，卻突然有一天心血來潮，要在一個凜冽的冬晨，視早朝。

他為甚麼要這樣做呢，在他不視朝政的日子裏，他躲在深宮禁宛做些甚麼呢？

不知道這些疑惑，算不算是問題。

而他極力想像着那麼一個早晨的情景：

寒風吹過，掀動着朝服。嚴冬黎明的肅殺顯露在死寂裏。朝臣慢慢蠕動，像一隻隻螞蟻，邁向不可知的天庭……

那些大臣，當他們惶惑、好奇、又不敢抬頭張望的時候，他們盡在想着甚麼呢？

他想以這樣一個場景，作為電影的開場。

然而他寫了幾行，就焦躁地拋下筆來，站了起來，在原地轉了好幾個圈子。

他無法想像二千多年前那個朝拜的早晨。與其說他不熟悉那種種朝拜禮儀，不如說他覺得無法把那種氣氛表現出來。

或許他不必專注那麼一種場面，他該專注的是描繪朝臣的神態。我們或許可以用今天的心理，揣度古人的心境，那麼一些好奇、惶惑、忐忑不安……謁見久別的君主時，一定會在他們的面上表露無遺。大概這會有趣的，在很遙遠的時空，臣民對高高在上的帝王只能永遠地跪下，跪下。

只是，我們今天想來荒謬的事，在古人角度，是不是很理所應當的事呢？如果是這樣，用我們今天的心境去揣度他們，或許又隔了一大層了。

然後他又突然覺得，他想岔了。

囑他寫劇本的老闆說過，那不是問題！我們需要的是開場的一個設計，製造一種氣勢，營造一種懸疑。在我們製造懸疑後，我們就可以回過頭來，細細描述帝王在過去漫長歲月在深宮的故事。那會是個充滿商業元素的故事，觀眾就會被我們牽着走。觀眾素來是不會考究的。

不會考究的，他鬱鬱地想，老闆説的也許才是道理。不會考究因為我們都不認識。我們對歷史都有份陌生感。

我們都在這樣的心情下度過了很多日子？！

不過，寫這個劇本，他感受到了一種少有的焦躁。

到底焦躁甚麼呢？他自問。

老闆不過是要你交個歷史劇本，一個假借歷史之名，沒有歷史之實的劇本。你就按着他的意思去寫好了。可是他卻像患了瘟疫似的焦躁了。

或許不關劇本的事，而是他自己，在於自己不自量力嘗試寫歷史題材的劇本，卻突然陷入歷史迷宮，像是碰上一堵牆。

的確，好像突然發現自己對歷史驚人的陌生，而產生的一種羞恥感。

還有他對歷史的無法看透，而產生的自己幾乎無法承受的挫折感。

這樣的羞恥感和挫折感又是複雜的，好像是脊樑被擊中，整個人再也直不起腰來。他覺得連自己也說不清楚。

你對自己身處的都市的歷史又知道了多少？對引起了集體焦慮的歷史原因，又能說出多少來呢？

就寫一個媚俗的故事吧，應老闆的要求，畢竟是為了生活。

其實在很多情況下，我們都需要妥協。

放眼望去，尋常人家燈火已逐漸亮起。不論他們日間從事甚麼行業，流了或許比別人更多的血汗，或受了更多的委屈，暮色來臨了，畢竟回到自己溫暖的家了。歷史上尋常人家的日子是不是都是這樣過下來的？但他無法想像帝王的生活，那二千多年前的事。

他只是看了幾本有關的著作，然而他已對深宮禁苑的生活感到震驚。當你喜歡了某個故事，並且為之感動，這個故事常常只屬於你的。但為了生活，你寫出來的故事，又不屬於你的。當你想寫一個你喜歡的故事，寫出來的卻變了樣，或老闆叫你變樣，而你卻無法抗拒，那也許就是焦躁的來源。

人有自己喜歡的事，包括很低微很低微的喜歡，比如，維持自己的生活方式。然而，要是有一大群人，集體敏感地意識到有一個很大的力量，要改變他們的喜歡的生活方式，他們的反應也就是焦慮或焦躁吧！

他覺得他在繞着很大的圈子走。他把時間想得很久遠很久遠，好像要把歷史的漫長路走了一回。

肚子突然餓了起來，連忙披了件外套下樓去。

畢竟是大都會，只要人一走了神，就變得一切都陌生了。整條街道，在黃昏行人歸心似箭的匆忙裏，像湍急的河，比急景殘年還多了幾分惶然。也許不是惶然，是他理解錯了。但那份惶然兼焦躁的感覺，卻肯定是他此時的心情。他隨着人流湧了過去，只覺得街道更加擠迫和喧嘩了。

我們的都市真的在變了，變得與以前有點不同。滿街的政治横額、競選海報、各種標貼，配上各種風格的顏色，以表達各種政治立場，和傳統的商業廣告混在一起，熱鬧更勝以往百倍。

他覺得以往只在衣香鬢影的豪華酒會或舞會上，才見得到的紳士淑女，都擠到街上來了。他們被貼在牆上，被綁在欄杆上，或是用巨幅横額拉在高處。他們一律用關切的眼神，俯視着芸芸眾生。他們好像永遠也不走，堅守在街上。在暮色蒼茫的人潮流動裏，一下子就把街道變得更加擠迫。

他記得，他曾有一次在人群裏露出失態的笑。因為他總彷彿看到那些歸心似箭的行人，匆匆忙忙地在那些掛着笑容，擺出不同手勢，像是聲嘶力竭喊着各種承諾的海報前擠過去，臉上不由得露出倉皇神色，好像在抗議，我已這樣忙，你們還要半途攔截。這樣的觀察，曾不止一次引起他傷感的聯想，芸芸眾生真的不需要這些社會精英的幫助？

也許他們的心思正跟他一樣，我們是無論如何每天都得在生活線上掙扎的一群，一個注定做人家配角的人，是最容易心死的了。

但我們就真的不需要這些向你作出各種服務承諾，保證為你做事的人？他們溫文爾雅，露着溫煦的笑容，擺出親民的手勢，就像焦急得隨時都要從那海報寂寞的框框裏走了出來，擁抱你，與你促膝深談。確實，認真想一想，我們就真的不珍惜以往在高級的衣香鬢影裏才會有的，現在卻變得大眾化的笑容？

他見過一份海報，海報中的人物他已很熟悉，他在幾個場合見過這個名人，正確的說不是見過真人，而是在電視臺、報紙上看到。他看過他自豪地談論着這座都市即將來臨的新的歷史時期，這個新的歷史時期將會是很偉大的。於是，當他看到這位社會賢達海報上的笑容時，他不期然想起了這位人物的各種潛臺詞。

然而一般人的冷漠，以及在那冷漠裏或許可能還帶着的倉皇，不知是不是正好反映他們心中無法解開的迷茫？想着此時此刻街上的一片熱鬧，原來不過是末代景象罷了。就像以往一樣，其實有一大批不必取悅小市民的新一代新貴，乘着大時代的來臨，在舊貴黯然退場後，早已欣然登場了。他們是會有另一番說詞。我們是小市民，總難免覺得他們既是競逐名利，佔盡天時地利人和，拿盡便宜的同時，卻又高談闊論，看了只叫小市民不安，卻又無可奈何。

是不是就真的如此難堪？

但人心其實可測。

長期生活在獨特的自由而不民主的環境裏，各種可怕的嘴臉叫小市民形成了政治冷感，在生活體驗的領悟中，明白了最好的生活態度是勤力卻又自掃門前雪。

在無奈和艱苦中度過了一生的母親，她時常流露出來的淡然，總叫他感受到這一點。

為甚麼突然會想到這些呢？他這樣的觀察正確嗎，或者原不過是他自己的感受？

他匆匆地穿過人流，進入一家便利店，隨便買了包餅乾，他要逃避一種相當迷茫的感覺的侵襲。

很多人在逃避歷史，他們或許不知道他們是在逃避歷史，只是他們以行動逃離這座都市，就很明確顯示他們的確在逃避歷史。

他呢？卻是索性逃進了歷史，為了一個歷史劇本揣度着古代人的荒謬。

那是一個比這座都市更窄小的空間。

高高的蕭牆圍着深深的皇宮，在那深宮禁苑，皇帝是至尊，他至高無上的權力壓縮在小小的皇宮裏，那樣一種無限權力，足以讓人發抖。皇宮裏三宮六院的嬪妃、太監、宮女……組成一個神秘世界，這是一個由最尊貴的人和命運最悲慘的人，組成的一個不易讓人了解的世界。它是不正常的，一個淫蕩的、無情傾軋的世界。那樣一個小小地方，一個尋常人無法改變，無法逃避，也無法掌握自己命運的環境裏，人會怎樣呢？必然會拼死地用一切方法求存。在他參考了幾本有關的著作後，他得到了這樣一個強烈的印象，歷史上這些最嚴酷的生存危機感，完全可以營造出一個動人、深刻、驚心動魄的劇本。

但這不是老闆要的。

老闆說，這不是觀眾要的。

深深的宮廷裏，美人如雲，有很多精彩故事，比如表面看來享盡榮華富貴的嬪妃，為了親近皇上，她們還得用錢賄賂太監。在那樣一個身心都受到壓抑、損害的環境裏，還有甚麼事情不會發生呢？太監與嬪妃的苟且之事，就夠商業元素了。

還有很多類似的元素。

這才是老闆要的。

老闆說，這才是觀眾要的。

那個晚上，老闆請他吃飯。在路上，他對老闆說，搞了這個劇本，才發現對歷史知識驚人的貧缺，這個劇本怕要交白卷了。老闆卻輕鬆地笑了。

不必搞得那麼高深，說到底我們不過是搞個噱頭的劇本。

我們總得有根有據。

歷史是成年人開的一個大玩笑，已被無數謊言掩蓋，歷史很大程度上是胡謅的，沒有人能找到完全的真相，我們何不在那血跡斑斑的史迹裏，也胡謅出一個娛樂人的故事來？那些創造歷史的人，正是最大的歷史胡謅者。你說你不懂得歷史其實你身處的時代你也不會了解（那時他們正好走經一間電器舖，店舖整天開着的電視機正播放一位城中名人在高談闊論，電器舖的轉角位，就是一堵牆，上面正貼着這位名人的競選海報，老闆指着電視畫面和海報，借題發揮了）你就生活在這個大時代，他或她們正對着你說話，慷慨激昂，可你就能分辨他們說話的真偽？何況還有很多根本不屑跟你交談的大人物哩！還是先填飽肚子吧，自家的肚子也不想怎樣去填飽，是誰也救不了你的。

老闆說了一大堆話，他只是默默地聽着。

後來也沒有，也不想辯駁，並非因為他是老闆，只是覺得太累了。那時，在腦際曾閃過一個念頭，人在某種環境下，會不會變得行屍走肉？

老闆的話沒有讓他感動，而是叫他累了。

當你聽着人家的高談闊論而感到無奈，就會累了。

他最想為自己寫個故事，淡淡的歲月，一抓不緊就會溜掉的日子。

那樣一種淡淡的感覺，不論經歷了多少歲月都不會淡忘，一段一段平凡的小故事，卻是有血有淚，想起來只覺得辛酸，但也有溫馨。

六十年代。

他剛從邊境進入這座都市。

早他幾年來到這座都市的母親帶他坐上電車。

對這座都市第一個又新鮮又好奇又興奮的印象，就是在電車上產生的。電車行走在六十年代的街道上，給他帶來了對這座都市第一個快的感覺，這樣的感覺後來卻變得愈來愈鈍了，叫他感到不但是歲月還有感覺的不能歷久，而那時他的情緒裏已隱隱帶了點憂鬱了。母親像是為了安慰他，指着窗外説，那就是公園了。

他順着母親的手勢望過去，在溫煦陽光下，他看到了那尊雕像。

「那是誰？」

母親流露着茫然的神色。

後來他知道，在這座都市生活了好幾年的母親，對這座都市依然很陌生。

母親成了這座都市一名廉價勞工。

母親做事的餅廠就在公園側邊，每天早晨，天剛蒙蒙亮就返工，總可以呼吸到從公園裏吹來的清新空氣，晨運客走向公園，她就步履匆匆地進入廠裏。她說，經常在繁忙工作中，暫時可透一口氣來的時候，透過窗口，看到燦爛陽光曬在公園的草地上，很美，很美，就像童話世界。

他該用怎樣的電影畫面去表現呢？他該怎樣把工廠的雜亂，與風景秀麗的公園作一強烈的對比呢？

母親說，廠裏的活兒很辛苦。

後來他去看過。六十年代這座都市的落後，表現在那些簡單而辛苦的工序上。像母親那般年紀的女工們，負責着把餅乾裝進餅桶的最後一道工序。機器像水庫決堤的堤壩，餅乾像瀉下的洪水，女工們終日與機器角力着，拼命把流瀉下來的餅乾裝進餅桶裏，但她們總是被洪水淹沒。即使是在寒冬，也是汗流浹背，很辛苦，但無數歲月就這樣悄悄流逝。

他一直無法記牢這座都市一些重要事件和它們發生的日期，記不牢並不是他對這座都市沒有感情，而是他一直感到他是在用全副精力吃力地應付着平凡小日子，再無暇顧及了。很多人在無聲無息過着小日子，可難以讓人理解那些日子是掙扎得多苦。

他想母親大概是跟他一樣的。

他實在無法記起那是屬於哪一年的事了。他只依稀記得那時公園周圍的房屋還是低矮的多，那大概該是六十年代尾的某個日子。但那天的天氣他是一直記得很清楚的，暖洋洋的秋日照射在工廠的大門，大門卻是關閉着的。疲憊不堪的女工們坐在廠門口，都是很無奈的樣子。

這個情景在他少年時期給他難以磨滅的印象，以致他日後一直無法接受那些低矮樓房已變成了高樓大廈的事實。

廠房賣了，變成了高樓大廈。這是大都市的發展規律。

母親像其他女工在廠房外整整呆了一個星期，天氣出奇的好，公園裏吹來的秋風，帶着醉人的氣息。他去看過母親，他想被摒棄在廠房外的女工至少應該趁着這個空閒的時間去公園一下，那裏有溫煦的陽光，舒適的長板凳。她們去體驗一下，一定會感到那裏的環境與廠裏的環境，有天淵之別。至少她們該輪流去坐坐。那裏還有座雕像，高高在上，冷冷地傲視着人間，她們也許該去看看這個人，認識她一下。

他還不懂得人間疾苦，因而他就不會懂得這群女工的心情。

女工始終都沒有去近在咫尺的公園，只是很專注地坐着，好像她們已很習慣了工作上的盡忠職守。他一直不敢相信我們的都市裏曾經生活了這麼一群人，要不是他親身經歷的話。

這樣的廠房外靜坐，在母親們勞碌的一生，是不是很特別的經驗呢？他一直在這樣的揣度着，他一直無法確定在這偶得的空間裏，她們是享受，還是無法適應。

後來又發生了甚麼事呢？靜坐的結果如何呢？他一直記不牢。

但有一樣是肯定的，這座都市交上了好運，經濟開始起飛。低矮的樓房拆除了，高樓大廈就建立起來了。

這些女工很快就進入大型的工廠區了。

工廠區迅速膨脹，容納量很大，記憶中的母親以後就沒有空間過，每天提着飯盒，搭渡海小輪到對面海返工。搭小輪曾經是她很煩惱的事，因為她經不起暈浪，然而她終於克服了這個難關。生活可以把各種奇難雜症都醫治好，這是後來他才會明白的。

母親日復一日返工，是一段很長很長的時間，名副其實的餐搵餐食，不返工不行，無工返就更加是徬徨不可終日，應該算是艱難的日子了。那時，總是最後一班小輪載着滿船的疲累不堪的女工放工。

女工們不搭最後一班小輪放工，一定是開通宵了。夜晚的渡輪也像疲累得走不動了。它放下搭客後，就泊在碼頭上了，不再啟航了。女工們的疲累一直是這都市繁華的象徵，有了她們就可以貨如輪轉，都市的繁榮就成了驚人的奇跡。

想到這一些，沒有半點溫馨的感覺。

他想，他該用畫面，好好地把它表現出來，他如何表現出來呢？這樣的故事是那麼私人，這樣寫出來的劇本怕只能是屬於他自己的，有多少人會關心呢？然而它是那麼實在，它是都市的一部份。

懶洋洋的午後，街上驟然響起足以撕裂空氣的聲浪，匆匆而來的聲浪好像觸動了一下都市的神經，又匆匆而去。我們在這匆匆而來又匆匆而去的聲浪裏突然得到了很多承諾。這是候選人的宣傳車輛在出動。這座都市突然多了很多承諾，有官腔的，也有非官腔的。候選人作出承諾的對象，大多是疑惑而又無能為力的小市民。我們的都市，快要進入一個全新的歷史時期。

要是凡事都必須「糧草先行」的話，現在的種種的承諾，就是這種糧草，為全新的歷史時期營造美麗的前景，美麗的希望，盡量給人真實而非虛幻的感覺。

他突然醒悟到，在殖民時期，市井小民哪裏聽得到這樣多的美麗承諾？

在過往的很多年，我們就是生活在那麼一種沒有承諾的暗淡日子裏。

他想，若果殖民統治者真有一點點實實在在的承諾，他身邊那些母親們愁苦的臉上，定會流露多點歡顏。殖民時期的市井小民從來都是自生自滅，他們也都認為這是正常的。至少，他看到的母親那一輩，都是這樣。

他望着絕塵而去的競選宣傳車輛，竟發起呆來，從承諾到兑現，距離有多遠？也許永遠達不到的居多。這座都市又在追求不實在的、太奢侈的東西了。柏拉圖式理想國一天內建起來多麼好，但人類表現得最為淋漓盡致的智慧，不就是善於包裝承諾？虛假的承諾，也可以包裝得很好看，像真的一樣。

或者，新的歷史時期需要新的虛幻，至於以後的情形如何，那是以後的事了。

老闆打了電話來，問起他劇本寫作的進度。他明白沒有大量商業元素的劇本，就不會是好的劇本。他說資料他已搜集好了，這是個容易籌劃商業元素的劇本。電話那頭傳來老闆的笑聲。他想，在他的現實生活中，老闆大抵就是他的皇帝了。他暗忖，他大概還可以在劇本裏表達一點人類在困境中痛苦掙扎求存的意旨，不管老闆喜不喜歡，他都得設法把自己想寫的東西塞些進去。

老闆有錢，但說到真的智慧，恐怕是欠缺的。

然而他到底要堅持些甚麼呢，他要寫的，根本就是一群為了生存，已無力顧及原則，甚至廉恥心都顧不上的人的故事。

深深的宮廷大內，終年蠕動着一群不完全算是人的奴僕。

宮內的至尊，實際上是恍如寄生蟲的皇帝。

他想像着遠古那個宮廷內，各種人等怎樣以各種笑容來生存，因為笑代表了馴服、討好。笑大概是求生的唯一手段吧！在那個不幸年代的一個既有最高權力的人，又有最低微人物的角落，懂不懂得有技巧地笑，恐怕是生死攸關的大事。古今的笑大概是一個樣的吧，笑是燦爛地露在臉上，而淚卻是背着人流。

皇上是至尊，他成了眾人討好的對象，但皇上雖然是至尊，可他卻跟擔任特別職責的太監有着特別的關係。

這種太監，還可以管着皇帝哩！

他就是敬事房太監，掌管着被包圍在嬪妃群中的皇帝的房事，保護他的龍體。在那樣的環境裏，這是一種極大的權力，掌管皇帝的房事意味着掌管着很多人的前途和命運。

人類曾有過這樣悲慘的命運，但即使到了最現代，是否已表示完全根除？

他設計着遠古時代某一個晚上，一個這樣的場面。

暮色浸入蕭牆，正是深秋時分。

敬事房太監正準備着一天最重要的工作，他小心翼翼把一個個象牙簽牌放於一個盤子上，一排排，有秩序地排列着，簽頭上分別染上黃色、紅色、藍色，代表着后、妃、貴人等的級別。

應該給太監一個臉部大特寫：呆然的臉上慢慢地浮現一絲不易讓人覺察到的陰笑，咬牙切齒地自言自語着：「老子你也敢膽不恭敬！」然後恨恨地取下盤子上其中一個簽牌。被摘下簽牌的后或妃，就失去了當晚獲皇帝行幸的機會。

是不是會是這樣？

太監托着盤子，走在深深的宮內，他跪着把盤子呈上用着御膳的皇帝面前，皇帝把一個簽牌挑選出來，太監把簽牌翻過來，恭慎退下。深深的明凌宮裏，一生只在等着皇上行幸的妃子嬌慵地坐着，看見走來的太監，寂寞的臉上頓然露出喜悦的神色。

浴池。

妃子沐浴。

沐浴畢，敬事房太監把玉體裸陳的妃子用大紅綿包裹着，背負到皇上的御榻上。皇帝早已寬衣上牀，妃子悄悄地爬入被窩裏。

敬事房總管和馱妃太監立於窗外，停足靜聽着。

皇帝抱住妃子，妃子含笑的臉上有晶瑩的淚。

當然是高興的淚。

深宮的燈暗淡了，明月被烏雲遮蓋。

傳來太監低沉的叫聲：「皇帝保重！」

皇帝與妃子兩情繾綣，正是情到濃時，難分難捨。

太監低沉的聲音繼續叫着：「皇帝保重！」

「皇帝是時候了。」

「這奴才，朕一定要治治他。」皇帝惱怒地說。

妃子請皇上息怒，說這也是為了皇上好。

……

真的有可能是這樣場面嗎？

他想書中有這樣的記載，一定有所根據。遠古的祖先已懂得把荒謬的事，當一件正經事來辦。幾千年來無數人的痛苦，才會留下這麼些痛苦的痕跡。人生痛苦這麼深重又不能擺脫，怪不得夙命的陰影這樣牢牢地印在人們的腦海裏。

那一天他是特意去的，去看一個雖說是異族，然而與我們的命運息息相關的女王。人家說雕像上還有一段生了鏽的文字，你就沒有留意到嗎？於是他就特意去看了，說實在的原不過是帶份好奇。他還記得那一天天氣晴朗。於是他想像很多年前，發生那件非常事件的那一天，會是陰雲密佈，還是萬里晴空？

四十年代的某一天，這座雕像受到日軍的破壞。雕像受到破壞，定是因為它代表了這座城市。不知雕像受到多大的破壞，無論如何，他對雕像始終無法產生親切的感覺。

也許因為他後來看見雕像再一次受到破壞，這次破壞雕像的是紅紅的漆油，潑在雕像身上的紅漆，就像在雕像的身上，割開了一個很大的傷口。

不確定是七十年代的那一年，七一、七二、或是七三年？他對這座都市發生的大事都記不牢，但大概就是那幾年。

而且，到底是為了保衛釣魚臺運動，還是中文合法化運動？努力去想想，也只得個模糊的印象。

回想起來，現在的感覺竟與那時的感覺何等相似，懵懵懂懂，心智未開，被整個熱烘烘的社會氣氛感染着。既然是看不透，就被牽着鼻子走。到底心智怎麼打開呢？在甚麼時候才會打開？

那時候，一有空，就被各種活動吸引了去，聽演講，論壇，各種抗議活動，只是他始終游離在外，他從來沒有真正參與進去。

只是他差不多每一個活動都會興致勃勃去見識。

那一天應該是個大日子。

確實日期已無法記起，但那情景卻是愈久愈清晰，好像已在心頭留下了傷痛。

公園裏，氣氛非常緊張。

因為氣氛緊張，剎那間曾想到母親會擔心他，一旦他出了事，母親除了擔驚受怕外，恐怕只會束手無策。他想此刻母親大概還在工廠裏，跟飛瀉而下的餅乾作無止無休的搏鬥吧。但很快的，他已無暇去考慮這些了。

燦爛陽光下公園一向恬靜的氣氛已一掃而光，剛才還席地而坐的抗議者已站了起來，因為排好陣勢的警察已經舉起警棍，準備衝刺。擴音器發出淒厲的警告聲，散開，散開，警方即將採取行動。然後，警陣像海嘯一般，排山倒海向示威者蓋了過來。不想吃眼前虧的示威者一邊向後撤，一邊又不甘心地回頭向「黃皮狗」挑釁。警察像被激怒的公牛，向前衝刺的速度加快。他們已不僅僅是為了執行公務，在憤怒情緒被激起的時候，也許更多是為了自己，誓要抓住一個示威者來痛擊，以泄心頭之恨。

絕口不提甚麼公義、公理，他們揮起警棍擊下就顯得極度無情，也許就在這個時候正是他們最徹底失去自我的時候，誰都會被捲入非理智的漩渦裏。

那是他目擊到的一次最慘烈的場面，頭破血流的示威者被警察粗暴地架走，血流滿臉然而他們依然高呼口號。這座城市曾經生活過這樣一群烈性的人，他們的存在就像他從小就熟悉的母親那一輩，同樣令他有種難以置信的驚訝。不論過了多少時候，他都會對這些人感到敬佩。

與殖民者搏鬥，勇氣可佳。

深夜的新聞報導說，很多人被捕了，公園裏的雕像被潑了紅漆了。電視果真播出了現場實況，畫面在夜色下顯得模糊，看上去真的像淌着血水的傷口。

翌日他特地跑去公園看看，那時園內已一片寧靜，細雨霏霏，是一種淋不着人，幾乎是詩情畫意的環境，很難想像昨天有過那樣激烈的衝突。他在園內逗留了很久，他終於走到雕像前，他發現雨水正從雕像的頭頂流了下來，剎那間他有種感覺，像這座雕像已被注入了生命，你看，她到底是流下了淚水了。只是在細看了後，她仍是一臉冷漠，那麼毫不動容地座立在那裏，不論在她跟前出現了多麼殘酷的鎮壓，都無法叫她動容，他這才明白甚麼才是最徹底的無動於衷。

這就是歷史嗎？

殖民歷史上的其中一個小句子？

他當然不懂。

這段親自目睹的經歷，本身已成了他心中的一段歷史，在他有空閒的時候，就會在他的腦海裏重播。在以後的日子裏，他會想，為甚麼在那樣激烈的對抗中，他都可以以局外人的心情穿插其中呢？慢慢地他也似乎明白了，因為他不屬於示威者那一類。那時他只是很簡單感到，社會上大概有兩類人，一類是大聲疾呼的，另一類則是終其一生難苦然而堅忍地生活着，他更接近並且喜歡那些不僅是他熟悉，而且更加可以接觸到的，平凡的生活以及平凡的人。

最接近的，就是母親和她的那一輩。

當然，社會上還有一大群高高在上的人，但在少年時期，只覺得他們遙遠得就像在另一個星球。

可是到他出來社會工作，卻發現，何謂烈血的人，一個也見不到。他明白了現實是甚麼。畢竟母親們的生活，最能反映現實情況。

或者，這座都市的人，正像圍繞着這座都市的海港的水，都換掉了。

還有一個有趣的問題。

他不知道那群烈性的人都到哪裏去了，他只知道，那些他最熟悉的艱苦而堅忍地生活着的人，都年老了。年老了，社會就更容易把他們忘記了。

只是，他對社會上的一類人，不像以往那麼無知了。他們一心一意追逐名利，名利成了這座都市最值得追求的東西，我們的社會成了私心很重的地方，然而社會也在這樣的追逐中繁榮。他能這麼了解，因為他已成了其中一員。

有時，他也會想，自己該不該為自己的生活方式感到慚愧，但一個人在追求名利的大環境下成長，生活，而且已習以為常，我們已沒有辦法擺脱，説起來這也是弱者行徑。

當人家有了電視機，我們不能停留在只有收音機的時代，當人家有能力送子女出國留學，而自己沒有這樣的能力，那種滋味誰也不想忍受。追求理想生活，那是多麼奢侈的想法。我們大多數人都不可能有自己理想的生活。我們一直以為自己是在熟悉的環境下生活，但其實呢？這樣的生活過下來，發現自己已成了異客。

為了翻閱歷代帝王的畫像，他特地往圖書館跑了好幾趟。這些無上權威的異類，曾讓無數人痛苦輾轉。然而他們一進了歷史畫冊，看上去也只不過是尋常人，沒有甚麼出眾之處。

只是看着他們，禁宮深苑的痛哭聲，細心聆聽，在歷史的曠野依然清晰可聞。

在尋找畫冊的過程中，他又意外地找到了一部有關本城的畫冊。黑白的圖片，其中記錄的時光，有的是他親身經歷的，讓他興起了近乎無法承受的溫馨感覺。他想他這樣，是不是過於濫情了？不過他立即把這本畫冊借了回家，像把一份溫馨包了回家。

他知道，這份感情是由艱苦的日子醞釀而成，有着很厚重的沉澱。

他曾把書中一幀街頭輪流取水長龍的照片給母親看，她卻露出迷惘的神色。她對這些日子都忘記了嗎？

比起街頭輪水的日子，母親經歷的更艱難的日子怕要多得多，已溶入她的血液裏，再也不會有甚麼驚奇，因而表現淡然。

他一直相信，最難忘記的，也可以是些最尋常的日子，就他個人來說，是初到這座都市的日子。

母親拖着他下了電車，就是那條著名的春秧街，穿過令他驚慌不已的車流，終於來到他開始要過新生活的居所。

他只有一個感覺，整個世界突然縮小了。母親帶他來到的房間，除了碌架牀，幾乎就再也容納不了其他東西了。

他一時邁不進房裏去。

如果允許他有個自己的故事，第一段內容一定就是這個狹窄的房間。

這個房間的住客不僅是他們母子，還有兩個女房客，晚上睡覺時，四個人就擠在碌架牀上。

原來這個單位裏，還有六個類似的房間。叫他驚異的是，租客都是單身女房客，都是母親的同輩。這裏面，就有說不完的故事了。

後來，他就看到了這些母親們過的起早摸黑的日子。每天到工廠做花力氣，或花精神的活兒，換回份微薄的工資。日復一日的生活沒有希望，卻也不至陷入絕望，他眼看母親一輩的人，顯然對這樣的生活甘之如飴，她們希冀的不外就是這種實實在在的日子。

他看清了一種事實，她們是這個社會最廉價的勞工。她們不知道自己對社會的貢獻，只知謙卑，因而只知感恩，感激社會給了她們可以生存下去的工作。

是呀！六十年代的都市，古老卻又叫人無限懷念的日子。

那個年代，國內物質極其匱乏，港地的親人需要不時寄物質回去支援。

如果允許他拍攝一個場面，他一定會選擇住家附近，橫街小巷裏的那些店舖。這些店舖已隨着社會的變遷，跟老一輩母親們一般，因失去了謀生能力，在社會上消失了。然而在他的少年時期，這些店舖卻是街市的重要部份。

這些以布疋店和雜貨店為主的店舖，不重裝潢，有時給人的觀感，還是刻意把貨品擺得一片凌亂，以顯出它們的豐富。

這些店舖是特別的店舖，面團團的店老闆有他們特別的生財之道。他們沒有特別的招徠之道，只要把貨品堆在店門口就可以。

唯一不可缺少的，是這些店老闆都必須有一把叫人聽了很親切的鄉音。儀表不重要，隨便蹬着一對拖鞋也許有着意想不到的良好效果。最要緊笑容要親切，態度要老實持重，就擔保顧客盈門了。當然這些都是商人的看家本領，難不了他們。

平日不分日夜，辛勤工作的母親們，有空閒的時候，就會到這些店舖來購物。

店老闆在店門口踱步，努力營造溫馨的家庭氣氛。間中他會很隨意地指着某一大堆貨品，說現在大家都爭着寄這類東西回鄉下。母親們一聽，精神一振，是嗎？都寄回去了？幸好你說，我們日做夜做，哪裏知道。

母親們也不選擇其他日子了，當即購買，委託店舖代寄。店老闆笑呵呵的，滿口承諾。

匪夷所思嗎？不！

忙得昏頭昏腦的母親們沒有資訊，購物極之依賴店老闆的指點。

我們現在很難再遇上這類好顧客，和那樣舒適賺錢的店老闆了。那個時代的特別環境，造就了這些人物。

我們曾經有過這樣可愛而純樸的日子。

都失去了嗎？

由於像母親那一輩的純樸而勤奮的人逐步退出了社會舞臺，這樣的日子就無可挽回地失去了嗎？

社會氣氛也變了。

如果允許他拍一組鏡頭，他一定會花心思去拍一段回國內寄包裹的過程，仔細地拍攝每一個細節，人物和場面交融，讓那些曾親歷其境的人為之感動。

首先，在無眠的長夜，這些母親忙於把要寄的物品，裝在大布袋裏。

星光下，她們拖着大包細包的包裹上路了。

遇上行人天橋，她們得把笨重的包裹沿着梯級，一級級的抬上去。冷汗冒在她們強打精神的臉上。

尖沙咀火車站，人龍在打着蛇餅。

艱難地擠上人滿之患的火車，就在擠得水泄不通的通道上，坐在包裹上打起瞌睡。

通往羅湖海關的路上，人山人海。

要是遇上的是個豔陽天呢？

三十來度的高溫下，好多人裏裏外外穿了幾層衣服。酷熱使她們的臉色發紅，臉上冒着冷汗，快要窒息了，隨時都會昏過去。

海關內，關員帶着鄙視的眼神望着母親們。

「穿了多少衣服？」

不知是冷還是熱的汗水淌在臉上，心裏發虛地回答：「四件。」

關員厭惡地揮了揮手，帶去的包裹就在這簡單的手勢全部被退了回去。偉大的祖國！

出了海關要是遇上了漫天風雨，拖着笨重包裹，就更加狼狽了。她們寧願遇上叫她們發昏的豔陽天。

曾經發生過這樣的平凡小事。

平凡人的平凡小事，不會有人記住。然而他的反應不同，他不會忘懷。

對這種種的平凡小事產生了刻骨銘心的感動，只為了她們那份堅毅，和那種不易讓人理解的愛。

只為了多穿了幾件衣服，以便多寄幾件衣服給親人，而在大熱天把它們穿在身上，可怕的懲罰就降臨在她們頭上。

那時他年紀不大，雖然親眼看到了，卻不能深刻體味母親們欲哭無淚的心情。

有些事情，很多年後才能深深地感動你，而且一想起就有心悸的感覺。但你不會感到這是遲來的感覺，這是生命的沉澱物。一生注定都要陪伴着你了。

對於那一輩的母親來説，從來都不曾想過有甚麼新的歷史時期，也不理解。她們早已在她們默默帶物資回祖國的深情行動中，回歸祖國了。是不必宣之於口的。她們的回歸，無論祖國怎樣的留難都阻止不了。不必用種種美麗的語言來表達，她們也不會。

因為這是一種需要。

老一輩母親們都垂垂老矣。

她們的老去，使他有種哀傷的感覺。至少有兩件事，讓他產生了這樣的情緒。

一個平靜的午後，他站在窗口，構思着情節的時候，門鐘響起，幾個胸前別着鮮花，西裝革履的人笑容可掬地站在門外。這樣動人的笑容叫人拒絕不了。至少在他來說，這座城市還從來沒有這樣熱誠過。他把他們迎了進來。後來他知道，他們願意進來，是因為單位內住着多戶人家。他恭敬地接過宣傳單張，聽着他們介紹種種諾言和抱負。候選人臨走時，也把一張宣傳單張送給坐在梳化上的母親。母親臉上露出近乎童真般的笑容。他當時的感覺是，母親期待這樣能夠為他人帶來希望的人，已經期待很久了。

我們這座城市，至少應該有這樣的氣氛。

別說母親，即使是他，那時都還沒有想到，這不過是場遊戲。

可是過了幾天，母親一個茫然神傷的神色，給了他一種撕心裂肺的痛苦感，這樣突然而至的沉重，叫他承受不了。

那天晚上，母親慣常坐在梳化上，病懨懨的，隨時會在疲累中瞌睡了去。然而她突然睜開了眼，因為她在電視上看見一個侃侃而談的富商。她認出這個富商正是她的最後一個老闆，在他搬廠北上後，她終於被迫退出了社會工作行列。

這件事曾叫她徬徨了好一段時間，掙扎着，希望仍能再找到一份工作。當然不可能了，她終於認了命，她得退出社會了。

很多母親都是這樣，從沒有想到自己該有個較安穩的晚年。

一個從事低微工作的人，一退出了社會，就被忘記得無蹤無影。

母親認出了久違的老闆，初時臉上露出驚喜的笑容。他北上做生意，但此刻他談的是我們這座都市即將來臨的新的歷史時期，即將到來的美好前景，就像變戲法一般，一進入新時期，一切都會變得很美好。

他說的都是大道理，說得有條有理，情緒激動。這些大道理母親哪裏聽得懂？但好像有甚麼觸動了她，母親的神色變得茫然。

他立即把電視機關上了。

其實，母親的感覺是很直接的。她雖然年老了，反應都遲鈍了，但有一點是會很敏感的，她很真切地感到，她確實被社會捨棄了。老闆侃侃而談的未來新世界，於她是那麼陌生，她永遠也進不了這個新的世界。

第二件事想來也是夠悲愴的。

母親從來沒有以純粹的遊樂心情到過公園，這實在難以想像，卻是事實。母親的意識裏，也許從來沒有休息這回事。一個憂患中生活過來的人，她可能甚至感到在溫煦的陽光下欣賞花香鳥語是件太奢侈的事，過份的熱鬧和過份的歡樂，對她來說，不但不習慣，而且會有不安樂的感覺。

不安樂？對，因為感到太過奢侈了而感到的不安樂。

母親只在盂蘭節這樣的節日，才會去較熱鬧的地方。母親心裏也是有偶像的，就是冥冥之中的神明，因為只有依賴神明，才能把一輩子漫長的日子打發過去。

這樣艱辛地過了一生，卻又可以這樣知足，只有生活在神的幻覺裏才能做得到吧！「有趣」的是，老一輩母親們也曾出力把這座都市建成奇跡，說到底也可以說是神話，而她們卻必須在神的幻覺裏過日子，這是不是現代的悲哀？

現實生活無法不叫人不悲哀。

退休後的母親身體日漸衰弱，政府診所成了她常造訪的地方。以前是去工廠，現在是去政府診所，這成了必然的延續。工廠的工作，是要時常日以繼夜的。而現在每一次去政府診所，繁忙的醫生只能分配給你幾分鐘時間。長年累月積下來的疾病，如何能在每隔一大段時間去覆診，才得到的那幾分時鐘，可以醫治得好呢？然而落在一個小人物身上，也只能是這樣的了。

母親會暈車浪，每回去看病，只能乘搭古老的電車。她常常病懨懨地縮在電車的一個角落，不再有甚麼興致去看周圍的景物了。自從退休後，不知是她自動地對一切都脫節了，還是社會真的把她遺棄了？

退休後的她，全部的感覺都是痛苦。

這不是也是必然的延續嗎？

以前工作得太辛苦，就是痛苦了。

以前的痛苦，造成了今天的病痛。從痛苦走向另一個痛苦，構成了一個人生。這是母親的人生。

母親，這樣的人生我真的不要。他這樣想着。

母親的病痛熬不住了，去求醫。

治療的時候，更加痛。

母親的腸胃素來有毛病。到醫院去照內窺鏡，治療過程的痛苦使她有種死來活去的感覺。

有次她問：「就沒有別的減少痛苦的方法嗎？」

每隔一、兩個月，就要去輪街症。僧多粥少，為了保證能夠輪到籌，往往凌晨四、五點就要去排隊了。天寒地凍的日子，生病的人捱了那動輒長達七、八個鐘頭的苦候，如何消受得了呢？

這座都市的舊時代就要過去了。新的歷史時期就要來臨。新的救世主真的就要出現了嗎？

他在母親，以及母親那一輩婦女的身上，看到了無數美德：真誠、善良、美麗的心靈、勤奮、耐勞、忍受痛苦的能耐，對別人總是體現善意，寬容，還有很多很多。但他根據自己的體驗，認定這些美德正是她們一生受到欺凌的根本原因。

這是很痛苦的認識。

結果是，他不再那麼相信人了。他更相信的是人性。而人性，很不幸，呈現的陰暗面較多。他不願意讓人看到，在他身上也有這樣的美德。因為被人看到了，就會被欺凌。

這是很悲哀的事。

他學會了對那些有頭有面的人不再存有敬意。

當然，敬意這種東西，也不值得甚麼錢了。

擁有金錢和權勢，就是擁有敬意了。愈多的錢與權，就是愈多的敬意。

一個人不能不對這樣的現實低頭。

確實是這樣：母親過的日子，那些近乎殘酷的遭遇，深深地影響了他的生活態度。人過的日子不應該是母親過的那樣，一定要擺脱這樣的日子，他要做自己的救世主。

他選擇隨波逐流，正如大部份都市人那樣。

第一次戀愛就在公園裏，在感覺上，就像這已盤算了很久似的。

那時正是春暖花開的時節，公園內有個新辟的花園。明媚陽光下，園內已綻開了各種美麗花朵。

在後來結婚生子的一大段平凡日子裏，始終抱着獨善其身的心態，一心一意小心經營自己的小日子。

這樣做，好像真的奔着美好的日子而去。

跟母親的生活方式保持得遠遠的。

公園裏有時也會舉行這樣那樣的集會，有時傳來激昂的口號聲，在悠閒的氣氛下，彷彿只能把空氣輕輕攪動了一下，就又消失在滿園溫馨的氣氛裏。

但這樣的日子真的很好嗎？

過份着重物質，會叫人麻木。心靈的流失就像泥土的流失，土地的荒蕪就像心靈的荒蕪。

殘酷的社會氣氛，會迫使我們去選擇某種生活方式。能夠有膽量衝破的，隨時都要付出巨大的代價。

一個細雨迷濛的午後，他特地跑到公園去看那尊雕像。他感到她的臉色變得很蒼白，她像在默默地流着淚，但臉上冷峻的臉色依然不變。他感到她像在強撐着。

歷史在她身上體現的威勢不容消失，但新的歷史時期走來的腳步已愈來愈響，她要撐不住了，即便她是如此至高無上，也有這樣撐不下去的時候。

那麼，這是否說明了一個道理，一個人的地位無論多麼顯赫，到了她必須離開她的勢力範圍時，一定會流露這樣的神情？

古今都一樣。

自古以來，人就背負着無奈的重負，即使一個人有多尊貴。

女王離去後，遺留下大大小小的權力真空，這可不得了。來自四面八方的人物，按照他們的實力，一湧而上，搶佔。

人生就是如此，有人失落，一定有人因而得意。

他想起古時深宮禁苑那一群人，也在玩着同一遊戲。

古時深宮禁苑的人，都是命運悲慘的。

一種連性愛都被剝奪的生活，一生到底要如何撐下去呢？

然而這是必須過下去的日子。她們必然都會明白，要在這個圈子生存下去，就必須佔據最好的位置。愈接近權力中心愈好，再不濟總也得沾個邊，而被擠出圈外，處境就堪憂了。

在這個最缺乏性愛的地方，複雜的人際網正是由性的關係來完成的，聽似匪夷所思，然而卻是那一個角落最正常的活動。

用最匪夷所思的方法，正是最佳的生存之道。

在某種環境下，人會完全沒有了選擇。

新的歷史時期的權力角鬥一定同樣精彩。

可惜他不熟悉，也難以想像。

但他相信，新的歷史時期來臨了，身份再顯赫的人，也得加入戰圈，不能有所選擇。

老闆叫他編排緊張而刺激的情節。老闆好像按捺不住，替他擔任起編劇的職責來了：核心劇情應該是太監私帶假扮宮女的俊男入宮，妃嬪和宮女相繼懷孕，震驚皇上，下令徹查，在宮內掀起場腥風血雨，場場戲肉，高潮迭起，老闆說得眉飛色舞。

那時他想說，老闆你自己來吧，我不幹了。

但他始終沒有膽量說出這句話。

他感到古人的無奈和悲哀，已橫跨千年，延續到他的身上。

他真的多麼希望為自己寫個劇本，一個真實的故事，一段小小的成長故事，小人物有血有淚的屑事。

最重要的是留下一點記憶。

最後的鏡頭他都想好了，最後的對白也擬好了。

一個春雨霏霏的早晨，他陪母親去公立診所看街症，在回程的電車上，垂垂老矣的母親坐在一個角落。他指着那在細雨中起落的起重機，搖着母親說：「你看！」

母親瞇着眼睛，透過雨簾，依稀看見雕像被吊到卡車上，母親露着迷茫的神色。

他自言自語道，沒有雕像的公園會開曠得多，以後這裏必然會有更多陽光，綠油油的草地，春光明媚的日子，鮮豔的花朵還會開在園裏，中秋節也會有圓圓的月亮，還會有綵燈會……

然而母親已倚在窗框上沉沉入睡，電車已駛到煩囂大街上。他想母親在夢中一定也是生活在現實生活中，不同的是，在夢中時空會跳躍得很大，有時她會夢見她依然在工廠裏忙碌，有時走去診所看病。對於她來說，不論在甚麼新的、舊的時期，她的日子都不會改變。新的、舊的時期對她沒有意義，她也分不清甚麼是新的舊的時期，她只是擔憂生活會更差，而她相信，對她來說，生活會變得更差，是必然的。

當她夢到最憂愁處，市聲把她嘈醒了。

張開眼睛……

一個臉部大特寫。

那會是一個怎樣的眼神呢？

明明是迷茫的，但恍如從心裏射出一道光芒，顯出堅毅。明明是帶着失望和落寞，但仔細一看，卻有那麼一種堅決的希望。

這是一生的生活換來的。一生遇上了多少困厄，沒有這樣的堅強意志，哪裏捱得過？

鏡頭就這樣凝住。

（一九九七年中文文學創作獎冠軍）

# 在阿巴度的日子

## 前言

到一座全然陌生的城市去，讀書或者做事，一般人事前都會很認真地做了很多準備工夫，搜集有關資料，力圖對陌生都市多點認識。然而，很有可能，當一個人親歷其境，會發現很多事情完全出乎意料之外……

也有可能，一個人初到貴境，對新環境裏的一切新鮮事物，感覺相當敏銳，其中不缺當地人早已習以為常，覺得合情合理的荒謬現象。

為甚麼竟會有這樣的集體麻木？不禁心生疑惑，對真相的追尋，變成強烈欲望，並且一發不可收拾。

可是……

# 一、雞蛋是好的

到了阿巴度，阿細就嚐到一種全新的感覺：一個人的思想，要是被一句意思簡單得不能再簡單的句子，完全主宰，感覺就像着了魔一般，會發瘋的！

這很像從光明走進黑暗，只有慢慢地適應了，才能恢復原狀。

人在這種情況下，會有無力感：想要擺脫魔咒的糾擾，卻怎樣也跳不出困境。

阿細想，可能全然因為初臨阿巴度，雖人生路不熟，卻喜歡像一頭盲頭蒼蠅般四處亂闖，才會發生他到阿巴度不久就遇到的情況。

初到阿巴度第一天，他剛從一架的士跳了下來，就看到一個儒雅男子向他走了過來，向他展開燦爛的笑容。

在陌生環境裏，迎頭遇上一個和藹可親的人，就像口渴的人遇上甘泉，是怎樣都不會不加理會的，在不知不覺之間就會放慢了步子，停了下來。

和藹可親的男子遞給他一張類似宣傳單張的紙張。

阿細後來怎也解釋不清他當時為何會有那種太直接的反應，或許全然出於一種初到貴境必然會滋生的陌生感，甚至是一種恐懼感，他對陌生人遞上來的紙張，小心而禮貌地拒絕了。

之後，他開始生了被追逐的感覺。因為，當他匆匆走了幾十步，轉了個彎，來到另一個街口，就有一名年輕女子同樣以燦爛的笑容，向他遞來一張剛見到的類似宣傳單張的紙張。這一次，他又不知道為了甚麼，不假思索就接了過來。

因為她漂亮就不害怕嗎？

匆匆地往那紙張瞄了一眼。

紙張上面幾種文字中，他看到了自己懂得的一行：雞蛋是好的。

上面這樣寫着。

阿細不禁笑了一下。

其實也不知道他為甚麼要笑。

雞蛋是好的。

為甚麼要對我說這一句話，而且在感覺上，是追逐着自己而來，難道對我說這句話很重要嗎？

字面上的意思是清楚不過的了，可是為甚麼是這一句呢？他感到這是阿巴度向他說的第一句話。

魔鬼躲在細節裏？

但這麼簡單的一句話，細節在哪裏？

這座都市的語言偽術很發達？簡簡單單的一句話已暗藏了很多細節？

阿細突然意識到，他是帶着恐懼來到阿巴度的。他的家鄉城市，愈來愈不堪了，他厭惡家鄉的語言偽術，是他來阿巴度的一個重要原因。

阿細這樣想着，感到有點沮喪，但他確實感到，他完成一件事了：接過了一張宣傳單張，看了上面非常簡單的一句話。

阿細順手把它塞入褲袋裏。

可是，當他走到另一條街道，又有一個少年向他走了過來，向他遞來一張他現在已經擁有的紙張，他在猶豫之間，又接了過來。

阿細明白了，必然還會有人向他遞來宣傳單張，他不但不應該把宣傳單張塞入褲袋裏，他還得張揚一點，拿在手裏。他領教過了，這些很殷勤的宣傳單張派發者，隨時都會出現在他身邊。

然而，他的如意算盤打錯了。

他還在想着這件事，稍為停留時，已經又有人，手裏拿着一大疊他已熟悉的宣傳單張，他揹着的背包裏可能還有很多，向他走了過來。這人的神態帶了多一份熱情，這份熱情顯然是由於發現他手上拿着的宣傳單張而產生的。

阿細剛才發呆，稍為停留了一陣，對方以為他有空閒了。這是自己招惹來的。

原來在阿巴度，不能稍為停留。

他提起了精神，他感到他像進入了戰鬥狀態。

對方卻是很友善。

謝謝你願意接受我們的宣傳單張，知道了「雞蛋是好的」這個觀點。

阿細有點不知所措了，對方的動作和所說的話都出乎他的意料之外，特別是對方語氣裏的禮貌和殷切。雖然對方說的話很清楚，但他真的不太明白對方真正要表達的是甚麼。

可是很快他就明白了另一件事，這一次對方不是向他遞來宣傳單張，而是向他發出了交流的邀請。

可是，可敬的朋友，你真的同意「雞蛋是好的」這個觀點嗎？要命。

阿細的弱點，是通常在這樣的情況下，他都不知道如何去拒絕對方，何況這個時候對方的熱情比起任何其他人都來得熱切。

拒絕，於阿細來說，變成了不可能的事。

剛想開溜的阿細，站着不敢動了。

的確沒有深入研究。

阿細向他跟前這位熱心人說了這句話，完全是例牌性質，然而又是真誠的，他的待人接物就是這樣。

對方開始向他講解。

不能不承認對方是個出色的講解者。

雖然是在大街上，就像所有現代都市，不論是汽車或是行人都是匆匆的，然而阿巴度的陌生講解者卻是氣定神閒，就像他有着無限多的時間。他從雞蛋的結構講起，繼而講到雞蛋的成分組成，每一種成分的重要性。原本在阿細心目中很普通的一隻雞蛋，有着這麼多的學問。阿細開始接受了這個概念，雞蛋的確是好的。

不過，阿細承認，他的這種確認，也不是很鄭重的。既然雞蛋是很普通的東西，價錢很便宜，對方說它百般的好，不妨做個順手人情，就同意它確實好，也不是甚麼大不了的事。

比如，你在路上遇上了一個熟人，這個人帶了個小孩子在身邊，他很自豪地稱讚自己的孩子很乖，在這樣的情況下，你也讚起了這個孩子，說他的確很乖，這樣做，於人情世故來說是很自然的事。

阿細在對方的滔滔不絕中，還會在適當的地方搭上幾句。

對方逐漸把有關雞蛋的範圍鋪開來，開始說到雞蛋與人的關係，期待有個結束的阿細這才發現問題的嚴重性。為了一個理念而獻身的人，阿細並不覺得陌生。這樣的人阿細也領教過，他們都有不可思議的精神力量，如果你願意，他們都可以不斷講下去。

要不是阿細硬着頭皮，說是有要事而走開，的確，對方對於雞蛋的種種，還有很多可以發揮。離開時，阿細曾經想問一句，你們阿巴度城為甚麼這樣強調「雞蛋是好的」

這個觀點呢？如果說好的東西，這個世界好的東西太多了，為甚麼就只抓住這一個？然而他怕節外生枝，他被佔去了太多時間了，他最後沒有問。

離開了這位熱心的闡述者後，阿細繼續他的行程。他一心一意要熟悉阿巴度城的街道。他知道，在不久以後爭分奪秒的採訪任務中，熟悉地點非常重要，你總不能在一個非常重要的採訪任務來臨時，還要滿頭大汗去尋找自己要去的採訪地點在哪裏。

一個盡責的新聞從業員，到了一個陌生地方，就要責無旁貸做好準備工作。

阿細一門心思想的就是，他最好跑多幾個地方。

他從一個地鐵站冒出頭來，走出地面時，就發現一個滿臉笑容的女子向他遞來一張他現在已有點害怕的紙張。這時，阿細的腦海裏突然冒出了一個新的念頭，這使他開始滋生的厭惡情緒反而變成了興趣。

不錯，阿細想，自己想對頭了，除了認識街道，對阿巴度人也應該多少接觸一下，對阿巴度人的了解，跟對街道的了解同等重要。

在以後採訪任務中，必然要接觸到很多阿巴度人。

應該了解他們的想法，他們的生活習慣，等等。

這名女子自動送上門來了。

阿細停下了步伐。太好了。

阿細想：我可以跟你談談有關「雞蛋是好的」這個觀點，可是你也得跟我談談阿巴度的其他問題，特別是與我這次採訪任務相關的問題。

好，就這樣來個開場白。

他笑着對面前的小姐說，我剛臨貴境，不久前我已經接到了很多張相同的宣傳單張，而且已經跟你的同事（是不是同事呢？都是在派發這樣的宣傳單張？）討論了有關問題。

阿細把他有意記住的有關雞蛋的知識說了一通。

自己這樣大談特談，應該可以取悅對方。這麼一來，對方高興了，就會很有興趣跟他談其他話題了。

她明顯是一位很有修養的女子，你看她那一副專注的聆聽的神情就可以知道了。

阿細必須承認，他對於有關雞蛋的知識真的非常有限，雖然在說的時候已經加了很多水份，也挺不了多久。

待他稍為停頓了一下，女子立即以一種非常認真的態度接着說了下去。阿細立即就認識到，他所運用的策略，其實是完全錯了。對方顯然是認為，你在這個題目上的知識真是皮毛也説不上，但最要緊的是你有興趣，我們不妨深入地談下去。

阿細暗暗叫苦。不，我不是對這個話題有興趣。

我是新聞工作者，我必須對甚麼話題都感到興趣。

任何一個任務擺在眼前，我都必須去面對。

但這不是說，我必須在每個題目上都深談下去。

我來阿巴度完全不是為了這個，我是有其他更重要的採訪任務的。

站在街頭一個小時，聽着一個年輕姑娘講述着愈來愈深入的有關雞蛋的知識，是苦差。得承認，這位學者級的姑娘，她的講解已超出他的理解能力。

要是負責採訪的就是這個差事，倒是可以承受，或許可以寫出一篇出色的科學報告文章，但現在的問題是，我不是在做這個新聞呀。

或許，容許稍後再深入報導，也是好事，到時就不那麼抗拒了。

阿細已經忘記了他是如何擺脱這個熱誠的姑娘的。

他強烈地感到，他是莫名其妙地受到了「雞蛋是好的」這個話題的強烈而突然的襲擊了。

這種受襲感，甚至跟突然受到一群狂徒棍棒的襲擊的感覺一樣。

阿細感受到這個襲擊的分量時，同時感到一份相當強烈的荒謬。然而作為一個資深的新聞工作者，他立即修正了自己的想法。自己感到荒謬了嗎？那極可能是出於對陌生現象的不了解。認真去調查、研究才是負責的做法，不能僅以感到荒謬來了結這麼一件事。

儘管作了如此反省，還是不免感到，這是個奇怪的都市！阿細感到整個都市好像在為雞蛋而瘋狂。他真的無法明白阿巴度到底為了甚麼，會這麼為了雞蛋而瘋狂。

阿細想着他是否已在不知不覺之間產生了害怕的感覺，甚至走火入魔了，因為他有種幻覺，在不久將來，他碰上的人，手上拿着的東西，可能不再是宣傳單張，而是雞蛋這種實物，而不論他走到了甚麼地方，都會有人叫他嚐一口。來，親身體驗一下阿巴度雞蛋的好處。在一個失去理智的地方（他感到在雞蛋這件事上，阿巴度已失去理智了），甚麼荒謬的事都可能發生，到了那個時候，他該如何應付呢？

別慌！阿細盡量讓自己鎮定下來。即使對方怎樣熱情，叫你吃，你每一次都聽話，吃下去嗎？害怕對方熱情得叫你非吃不可嗎？他們也應該知道，即使雞蛋再好，吃得太多，也會有反效果，膽固醇過高……

事情不會發展到如此惡劣的境況。阿細想。

只不過，阿細有意識地處處小心了。當他一看到有意接近他的身影，就躲避。有時，他剛從地鐵站出來，看到了他們（真奇怪，他們不再是單獨一個人，而是兩、三人一組，甚至有時超過三個，好像要是有人試圖躲避他們，就會進行包抄，務必把對方擒獲，說教一番。阿細想，自己的心底陰影太重了。就不能解釋為星期六或星期日，他們出來做義工的人多了？或其他更為合理的解釋？）他立即就縮了回去，他寧願等到下一個站，才見機行事。

想不到過不了幾天，他的這個煩惱，毫不困難得到了解決。

因為，在隨後幾天，他必須在室內為他即將展開的採訪工作作好準備，例如，熟習操作電腦等通訊儀器，開了一個又一個會議，熟習如何與即將合作的人配合，擬定議程，相當煩雜。這些事情叫他夠忙的了，他簡直離不開辦公室，有關雞蛋的事，他已經忘了七七八八了。

有一天，吃午飯時，叫了揚州炒飯（真奇怪，在阿巴度，竟然可以吃到揚州炒飯，而且雞蛋的份量真的特別多），阿細又想起了雞蛋這回事，他想起應該問問同事，雞蛋在阿巴度是不是真的佔了很重要的位置？

「雞蛋是好的，這在阿巴度是不是一個非常重要的概念？」

阿細真的很隨意地問問。簡直就像在對對方說一聲「早晨」或「你好」之類的問候話。這樣問的時候，心裏很相信，一件在這座都市鬧得如此沸沸揚揚的事件，一定能夠很容易就得到答案，因為太容易了，他們也一定會很隨意回答，而他在得到答案後，也就可以把這件事放到一邊去了。

阿細想不到，他得到的反應跟他料想的完全不同。當地同事支吾以對，似乎都不願意，但更可能是不知如何給他一個恰當的答覆。最先回答他的，是最靠近他的一位男士，似乎出於禮貌，感到作答的責任落在他的身上，以一種含糊不清的聲音說：「雞蛋是好的這個題目嘛，太大了，一下子無法說得清楚，你看，都忙着，哪裏是談這個題目的時候？」說完了，又好像覺得這個答覆很勉強，就乾笑了兩聲。

「哦！」阿細也似乎受到了感染，有點尷尬地回了一句。

有幾次有意用巧妙方式，向其他同事打聽，都不得要領。

忙了幾天後，阿細終於有了一天假期。他在街上悠閒地漫步着，突然感到街上欠缺了一點甚麼，當他明白了甚麼事情的時候，一種很失落的情緒突然湧上了心頭。

以前自己在街道上亂跑時，遇上的那些一點兒也不想放過自己的人，都不見了。

這一天的大部份時間，阿細反過來，有點發狂地尋找着這些人，神態、舉止都變得怪誕。他不死心地從一條街走向另一條街，從一個地鐵站搭到另一個地鐵站。然而，一個都沒有碰上。

到了最後，當阿細感到幾近絕望，有點冒失地問路人，是否見過派發「雞蛋是好的」宣傳單張的人，結果招來了奇異的目光。

直至不知不覺之間走到阿巴度這個著名海港的一個碼頭時，看到了平靜的海面，心情才慢慢地平復了下來。

這個碼頭，讓阿細感到阿巴度多麼像自己土生土長的家鄉城市。

阿細陷入了沉思。

假設「雞蛋是好的」這句話在阿巴度很重要，那麼在自己土生土長的家鄉城市，有哪一句類似重要的話，可以比得上呢？

絕對有，比如：「政改是好的」、「教改是好的」。

要是有一個像他一般初到貴境、不知就裏的人，問起街上隨便一個人來：「政改是好的」在你們城市裏是不是一個非常重要的概念呢？這個人該如何回答呢？

阿細想，在他土生土長的家鄉城市，當政改如火如荼推行時，宣傳活動也是鋪天蓋地而來。群眾大型聚會啦，花車遊行啦，還有一句口號「政改一定得」。

口號為甚麼讓人聽起來這麼急切，為甚麼一定會得？

也許只有那麼一個答案：「這個題目嘛，太大了，一下子無法説得清楚，你看，都忙着，哪裏是談這個題目的時候？」

阿細想，他不是專跑政治新聞，不過，也許仍能説上幾句吧。無論如何，這個題目委實太大了，大得簡直毫無頭緒，如何幾句話就能説個清楚？要是正忙着非常重要的事，確實只好回答：「哪裏是談這個題目的時候！」

作為記者，阿細沒有理由不明白，一個主張，必然會有正面和反面的意見，隨時發生激烈的碰撞，甚至導致整個社會撕裂。

「雞蛋是好的」這個概念，在阿巴度會有這樣大的撕裂力量嗎？

憑直覺，「雞蛋是好的」這個主張大概在阿巴度佔了壓倒性的支持優勢。但也有可能是，這是權勢者力推的主張，有足夠的人力物力推動。所以，阿細遇上的人，全都是支持這個主張的人。這種情況，阿細在自己家鄉城市已深深領教過了。

主張聽起來非常美好，持反對態度的人，簡直就是罪人了。美麗的主張以及該主張作出的承諾，假若貨真價實，那真是太好了，連舉腳贊成都來不及。叫人遺憾的是，事情往往不是這樣美滿，可怕的魔鬼總是潛藏在細節，讓人心底發毛。

美麗的承諾要是騙人的，引起的反彈往往很可怕。

在阿巴度，情況是不是也是這樣？阿細甚至想，難道這座城市也存在着真雞蛋與假雞蛋之爭？阿細深深地感到後悔了。

這是一個只有新聞從業員才會特別敏感地感受到的後悔。

「雞蛋是好的」這句特別的口號，也許就是深入了解阿巴度的一把有效鑰匙，他的新聞意識和觸角，怎麼這麼遲才蘇醒過來？

也許初到貴境，身心都太疲累了，又由於有重要任務在眼前，讓腦袋暫時休息一下。

腦袋休息，思考的能力就大大下降了。

阿細又想，不能排除，在他最初的潛意識裏，他以為他碰上的，只是無聊人搞的無聊玩意。沒有甚麼重大意義，於是就嫌麻煩，迴避了。

要是他只是個普通人，那麼寬容點來說，也是無可厚非的。

但他是個新聞工作者，遇上這樣的不尋常的情況，正是個求之不得的、千載難逢的好機會，阿細卻輕輕放了過去了。

一個這麼沒有新聞觸角的新聞從業員，哪有資格到阿巴度來進行新聞採訪？

阿細想，他以後會遇上的人，是甚麼人都有可能。既有可能是在大力推動運動的官方的人，也有可能是一群無聊者或胡鬧者，或是在每座城市都會遇上的典型的理想主義的狂熱追求者，正是這些人，也是最熱誠的，最能幫助他尋找、了解真相。

不論他們是甚麼人，都應該是阿細最需要打交道的人。

是不是有一天，他們又會突然出現在街頭巷尾，向他推銷「雞蛋是好的」這個概念呢？

「雞蛋是好的」到底在阿巴度代表了甚麼重要的議題呢？後悔至極的阿細比起任何時候都想知道。

可是，阿細感到他永遠也不會知道了。這使他有種受到懲戒的感覺。

## 二、泡澡

在全球化的大背景下，記者採訪的範圍愈來愈廣泛，是不可避免的事。出國，遠離自己生活的陌生地方去採訪，已是稀鬆平常的事。作為資深記者的阿細，強烈感到，記者除了要有鐵腳馬眼神仙肚這三項基本功，現在還必須具備多一項本領：入鄉隨俗。真正能夠做到隨時可以入鄉隨俗，並不是想像中的那般容易。

阿細到了阿巴度後，最初在這方面，倒沒有遇到太大困難。

到了阿巴度不久，阿細就染上了一種他從來也沒有想到會染上的癖好。事實上，到了阿巴度，要避免染上這種癖好，幾乎可以說是不可能的事。這種癖好已經風靡了整個阿巴度，儼然成了生活中不可分割的一部份。

關於這種癖好在阿巴度的瘋狂程度，其實只須觀察一種很容易就觀察到的現象：幾乎在每一條街道上，都可以看到至少總有一家澡堂開門營業，熱騰騰的蒸氣從門縫裏透了出來，絲絲的暖意構成了一種莫名的吸引力，人一走過門前，稍一猶豫，就像被人拉着，不知不覺就走進去泡澡了。

在阿巴度，澡堂已經明顯凌駕於食肆之上，就阿細觀察所得，街上的澡堂比食肆還要多。這不難了解。如果要阿巴度人選擇進澡堂或是餐館，阿巴度人多半是要進澡堂的。當阿巴度城居民互相打招呼時，不會問你吃過飯了嗎？而是問你到了澡堂了嗎？這種互相問候的方式，叫阿細感到很新奇，他開始感到，你必須入鄉隨俗了，不然，你很難融入這座陌生都市的生活裏。但最初，阿細因為不習慣，感到很尷尬，最後才算適應了下來。

阿細第一次走進澡堂，就已經有種很清楚意識，這將成為他日後日常生活中的一個不可缺少的部份。

如果阿細不像阿巴度的每一個男人那樣，進去澡堂浸浸，日子就不知如何打發過去了。他不知道這到底是甚麼原因。當阿細努力去總結原因時，勉強發現這或許是天氣的緣故。阿巴度的天氣有點怪，然而具體的怪法，又無法說得上，總之阿細的感覺是，阿巴度一定是因為有了那樣的天氣，才有那樣的澡堂。

要是有某個人再執意地追問，阿細就會說，總之是在工作了一天之後，很疲累，進了澡堂，浸在溫水裏，周圍都是放鬆神經的澡客，不像其他城市，在一天二十四小時，只要你碰上任何人，都會給你神經緊繃的感覺。在輕鬆氣氛下，一個人的疲累感覺容易逐漸消除。

有這樣的神奇效果，為甚麼不進去呢？

阿巴度城的澡堂等於是別的城市的咖啡室，酒吧，或者是其他一切叫你感到非常愜意的場所，例如卡拉OK。

這樣說吧，你是咖啡愛好者，習慣了，每天總要喝上一杯，要是哪天不喝了，就有點失落感。這就是了，在阿巴度泡澡堂，就是這樣的感覺。

阿細就是一個咖啡愛好者，怪的是，到了阿巴度，上了澡堂後，他已經逐漸忘了咖啡室這樣的地方。

事實上，在阿巴度，咖啡室真的難找。阿細真的懷疑，是不是有人經營咖啡室，做這種生意，是要一早就冒着虧本的危險吧！

愈領略到澡堂的好處，逗留的時候就會愈長。這幾乎已經成了一個定律。阿細自己就是這樣。他愈來愈沉醉於澡堂裏，在澡堂裏逗留的時間愈長，幾乎跟幸福感的增加成正比。

阿細還發現，泡澡堂的巨大魅力，一個非常重要的原因，是那種舒適感不僅是呆在澡堂裏才有，當一個人依依不捨地離開澡堂，走了出來，經街上輕風一吹，那種快樂感，簡直飄飄然像升了天一般。

特別是在臨近海傍的地方，經那永遠清新的海風一吹，就更加愜意了。因而，在阿巴度，最高級澡堂都是建在海傍附近。

阿細慢慢地就發現了阿巴度城居民的生活方式是由澡堂所左右，阿細不大了解澡堂對阿巴度生活方式的影響已持續了多長時間，但到了現在，這種影響明顯是深遠的。例如，朋友之間的聚舊固然會到澡堂裏來，慢慢地，商務上的洽談也愈來愈多地轉移到澡堂裏來了。

大概可以這樣說，如果你想一次聚會增加快樂的成份，那麼不要猶豫，就到澡堂裏來吧。你想一宗生意的洽談成功機會增加嗎？那麼到澡堂裏來吧。

大概在其他城市，飲飲食食已成了喜慶節日的一項重要內容，但在阿巴度，慶祝方式不會這樣。當阿巴度城人家有甚麼事情要慶祝的時候，通常都會把整個澡堂包了下來。

泡澡堂給人溫暖舒適的強烈感覺，這是直接的效果。阿細觀察所得，發現還有個更重要因素，就是泡澡堂的方式。如果一群人赤條條的坦然相見，就會油然生了真誠的感覺。阿細還不太清楚，阿巴度人的性格是不是坦誠，但在一起泡澡堂的時候，這樣的效果真的很明顯。

不難想像，阿巴度的澡堂有這麼殷切的需求，發展的規模也就令人矚目。普通老百姓，到街上的普通澡堂泡泡，也就很滿足了。這就像我們到酒樓去，點些較平時豐富的菜，也就很滿足了。就是到普通大牌檔吃一頓，也很高興。

阿巴度的超級豪華澡堂真的不是一般老百姓敢以跨進去的，主要原因，倒不是收費特別昂貴，而是豪華澡堂已經制定了一套相當複雜的禮儀，如果不熟習就很失禮。要說人有才智，其實相當一大部份就花費在這方面。禮儀是文明的，叫人敬畏。這樣一來，尋常人都不敢進去了。阿細經常會聯想到家鄉城市，曾經採訪過上流社會人士出沒的高級酒店和波場，那樣的地方，不是一般市民想過要去的。

到豪華澡堂消遣，在阿巴度是身份象徵。

泡澡堂的生活方式到底是從那裏傳來的呢？阿細雖然努力查訪，依然無法理出個頭緒來。但是這種生活方式很西化看來是肯定的。

西化，也可以理解為開放。

進入澡堂的人，一概都要脫得光溜溜的。

哪管你是甚麼人，甚麼身份。這大概也是阿巴度式禮儀的一部份。

外來者經常會以為阿巴度的澡堂是天體營活動，或至少是一種變種，這是極大誤解，阿巴度人到澡堂，完全沒有去參加天體營的概念。

如果是抱着去參加天體營的概念，就很造作了。不，阿巴度人去澡堂的心情是很自然的，已經是一種生活方式了，這就給人真正的很開放的感覺。

這種氣氛，極大地感染了最初不大能夠接受的外來者。

進澡堂不會感到異常，就像你到咖啡室嘆杯咖啡那樣自然寫意。

阿細就是受了這種氣氛的感染而進了澡堂的。

阿細很快就感到，脫得光溜溜的不但不會感到有甚麼尷尬，反而有種強烈的感受，好像有甚麼巨大力量，讓你完全解脫。

作為一位記者，阿細有機會到各種規模大小不同的澡堂去，雖說名義上是去採訪，但很多場合，是輕鬆得只叫你去享受泡澡堂的樂趣。

阿巴度居民是懂得享受生活的人，比起阿細到過的一些其他城市，他發現，阿巴度人算是樂天派了。

阿細還意外地得到了一個資料，那是阿巴度人的壽命比其他城市人要長。阿細立即感到，這不奇怪，應該是與阿巴度特殊的生活方式有密切關係。

就在這種種的機會中，阿細發現了一些有趣的事情。

阿細不止一次遇上了這樣的場合：當澡堂的熱烈氣氛，變得愈來愈濃郁的時候，有些愛開玩笑的人，開始有意說了些有味笑話，這是無傷大雅的事。仰躺在熱水裏的男澡客，堅挺起來的陽具也開始在水面上浮動，極像奇怪的生物，成為難得一見的奇觀，是在別的城市無法見識到的。

澡堂令阿巴度人變得開放，看來開放又影響阿巴度居民的性格。當堅挺的陽具在水面浮動的時候，那嘻哈的笑聲就變得喧天價響，阿巴度人對又堅又挺的陽具真的是非常自豪。

不止是這樣，阿細在街上經過澡堂的時候，經常就聽見這樣的笑聲，很容易就可以想像出那麼一種壯觀的場面。

這是阿巴度城的特殊文化，阿細不知不覺地融入了進去了。

但是，就在阿細泡澡堂，每次都幾乎被包圍在前所未有的巨大幸福之中的時候，一個後來證實是災難性的發現，把一切都完全改變了。

那是完全毫無意識的發現，然而阿細心中的一個疑惑，一下子就把他的心完全搞亂了。

阿細的發現，是在一次特大型的泡澡堂活動中。他的身邊照例擠滿了密密麻麻的泡澡者。應該是受到某種特別氣氛的感染，堅挺的陽具開始在水面浮動起來了。

阿細突然發現，阿巴度人陽具龜頭上的那道供排尿和射精的精緻裂縫，都是橫向的。

阿細抹了抹眼，仔細看，真的，的確是橫向的。

疑惑的感覺開始由此而生，阿細的腦子完全混亂了，一時摸不清人類男性陽具龜頭上的裂縫，應該是橫裂的，還是直裂的。

真正叫他感到震動的，卻是在核對自己的陽具後。

自己的陽具是直裂的。

再反過來核實阿巴度人的陽具，阿細發現，無論他往哪個方向看，澡堂裏那些驕傲地浮在水面上的陽具，龜頭的裂縫無一不是橫裂的。

阿細一時慌了神，感到隨意暴露自己的陽具，會變成一件可怕的事。

事實上沒有人會注意到這樣的細節，因為從來沒有人懷疑人類陽具會有甚麼問題。這是上天恩賜給男人的禮物，是一律平等的，不會偏心。每一個男性出生，陽具都應該是一樣的。對於作為男人最重要象徵之物的陽具，產生懷疑，是一件不可思議的事。

以往阿細也是一樣，從來都不會對自己的陽具，產生絲毫的懷疑，即使是看到了別人的陽具，也是一眼掃過，那裏會仔細觀察？

因為有這樣的疑惑，是畸型，不會說陽具畸型，是你的神經畸型。

但是阿細現在陷入了相等於恐懼的疑惑了。

他感到自己已經陷入了絕對的失憶之中。阿細甚至責備起自己來，為甚麼自己竟然是這樣粗心大意的一個人，在自己這麼長的人生裏，竟然連自己身上最寶貴的東西，有了不正常的情況都不知道。

阿細想像着一個可怕的情況，如果他陽具的情況一朝被人發現，他要作出怎樣的反應呢？他有膽量堅持自己的陽具是正常的嗎？

這時，他才發現他已陷入可怕的孤獨之中，而在這之前，是從來沒有那麼強烈地感受到的。他現在的困難是，他身在阿巴度，沒有一個人可以證明他是正常的。阿細發現，他不可能找到一個人來證實他是正常的。

他身邊所認識的人，都是阿巴度居民，沒有一個是來自家鄉城市。

退一萬步說，真的找到了一位來自家鄉城市的人，你能夠冒昧地對他說，請你脫下褲子讓我看看你的陽具好嗎？

現在，在阿巴度，阿細已經沒有可能迴避澡堂了。迴避，等於甚麼事情都不要做了。

這座城市澡堂的重要性，甚至發展到一種荒謬或者可以說得上是滑稽的程度，那就是有個名人竟然約了記者在澡堂裏召開記者會，並且獲得了空前的成功。其實說是荒謬，那是因為自己不是阿巴度人，還沒有那麼徹底接受澡堂文化。如果我們承認，在阿巴度城，澡堂已經愈來愈取代了其他城市的酒店的功能，那麼在澡堂舉行記者招待會有甚麼不妥呢？

事實上，在阿巴度城，澡堂，特別是豪華的澡堂愈建愈多，而酒店卻在萎縮，招待外來客的只不過是一般旅店。

阿巴度人非常相信，阿巴度真正迎接賓客的特色，是澡堂，而不是甚麼五星級酒店。

阿細感到自己真的陷入了困境了。

他早已明白了一個道理，要在這個城市生活，特別是像他那樣，做採訪工作，已經與阿巴度城的各種社會活動，有着千絲萬縷的關係，是不能不去澡堂的。

既然大家都習慣了去泡澡堂是一件十分叫人快樂的事，一個人如果因為去澡堂而感到為難，在大家眼中顯然是不可思議的事情。

為了解決目前的困境，他開始考慮是否去做手術。改變自己陽具的裂口走向，這是最為徹底的辦法。

但是他立即有了顧慮。

在這座對自己來説依然是人生路不熟的城市裏，有做這種特殊手術的名醫嗎？就算有，手術費昂貴嗎？再説，有誰能夠保證手術可以秘密地進行呢？如果秘密洩漏了出去，那可能變成了他無法承受的頭條新聞。他做了主角。

如果他真的可以確認，他土生土長都市裏的人，都跟他一樣，他倒是不怕的，就像整座都市可以作為他的後盾。可是，他在這一點上從來就沒有肯定過，要是只有他一個人的陽具是這樣呢？

阿細還想到了更多的顧慮。

設想一下，他不是本地人，他總有一天是要離開阿巴度的，阿巴度這座城市雖然有百般好，阿細卻從未想過要在這裏定居。他總是覺得，在自己土生土長的城市，還是有更多事物叫他留戀着。

試想一下，如果他回到家鄉城市，而他做了手術的陽具又要與眾不同了，阿細他又要如何面對那難堪的局面呢？

阿細的心完全混亂了。

阿細突然想起了大學導師的話。

在大學生時期算得上有點反叛的阿細的感覺裏，導師的一些話是很老套的，這些老套話是一個導師作為責任，必須告訴學生的。但是現在，阿細想起了這些話卻又有了特別的感覺。

導師的話大概是這樣：作為一個新聞從業員，完全可能像其他行業的人一樣，混混噩噩地過一生。造成一個新聞從業員混混噩噩可能有兩個原因，一是不幸，一直都碰不到可以發揮一位新聞工作者潛力的新聞。二也是不幸，一個新聞工作者碰上重大新聞，立即遇上了種種阻力和壓力，要是他執意把新聞追尋下去，就要面對着極大風險。權衡利害，就選擇了退縮一途。

的確，只不過是作為謀生的職業，一個新聞工作者何苦要在面臨危險時還要追下去呢？

阿細突然明白，利害衝突是甚麼了。

世間有多少真相得以被隱瞞，那是因為追查真相是多麼艱難的事。有多少難以啟齒的原因，叫一個人在追查真相面前卻步。

阿細遇上了。

如果阿細要轟烈一番，是可以豁出來的。勝負各有一半機會。發出一條新聞，說阿巴度人的陽具結構特別。

但要是特別的，是他呢？

追求真相的勇氣，可以造就他一個可遇不可求的機會，但有一個條件，也要準備作出自我犧牲。

太難了。

阿巴度城，這個他曾經熱烈擁抱的都市，他現在有點害怕了。特別是當他在阿巴度街上行走的時候，腦海裏就產生了幻覺，盡是往男人最隱秘的地方看。

如果人家知道他腦子裏的隱秘，會怎麼想呢？

阿細開始感到自己有發瘋的感覺。

面臨着考驗，就懂得欣賞活躍在世界很多最危險地方的很多新聞工作者的勇氣了。
為了讓世人知道真相，很多人真的是出生入死呀！
阿細想，是不是生於安逸而形成了懦弱性格呢？
或許最好的辦法，是逃回自己土生土長的地方。
反正，還沒有人知道這個秘密，也沒有人知道他的畏縮。
在家鄉城市，也不必在眾人前脫得光溜溜的。
阿細可以找到很多逃回自己城市的理由。
但阿細也知道，在他放棄自己後，阿巴度使他感到前所未有的慚愧感覺，會陪伴他一生，永遠在提醒他：既然他是一個沒有勇氣追查真相的人，也就沒有做新聞從業員的資格了。
阿細委屈地想，這樣的要求未免太高了吧！

（二〇〇六年中文文學創作獎季軍）

# 二十一世紀初

# 寫字與霓虹燈

一、

這是一種非同一般的活兒。

談妥生意後，很和善的藥房老闆望着他，笑呵呵地説，這可是一門獨市生意呀，語氣裏分明沒有絲毫嘲諷的意味，趙成的耳朵偏偏聽出了這樣的一層意思來。不知如何掩飾臉上露出的尷尬，也就跟着呵呵地笑了起來。就從那刻起，心裏起了疙瘩：還會有人做這種活兒嗎？

要是還有其他辦法，也不會找這條路走！

唉！那種幹活時間，是自己經過周密考慮後才選擇出來的。他對這條街店舖的老闆説，最好是凌晨三、四點開工，天還未亮的時分。

最好是在你們開舖之前，就把活兒做妥，以免妨礙你們做生意。然而最重要的考慮還是為自己，當然這部份的理由沒有說出來：淩晨時分，行人稀少。要是在日間熙來攘往的街上最繁忙時間幹活，有那個趕路的冒失鬼把他踏着的木梯一撞，整個人摔了下來，後果可是不堪設想的。最怕的是人癱倒在地上，只有圍觀的人，而沒有伸出援手的人，而肇事者已經遠去。

唉！還有叫他為難的謀生工具。

怕不會有那個自僱者，得負上這樣沉重的工具。

做這個活兒，不可或缺的，是一把比他的個子高出一倍有多的木梯；一個裝滿了清水的塑膠桶。至於其他清潔用的毛巾、清潔劑等，就不必細說了。

等到自己真的開始工作，就發現，自己找這個活兒來幹，真的瘋了。

## 二、

「爸，申請書簿津貼的表格，要填父親職業那一欄。」招仔說。

「……」

「還是填寫失業嗎？」

「……」

「那我填失業了。」

「填失業……」趙成低低而又深深地嘆了一口氣。

招仔抬起頭來，那眼神裏的詢問很清楚，要填其他的？

這孩子懂事了，正因為他懂事了，所以會傷了他的。

其實每當必須填寫父親職位這一欄，都是父子倆要過的一道難關，把父子都傷了。

這就是為甚麼趙成要急於謀一份工作。

為了比謀生更重要的事。

可是為自己籌劃了這份工作，他就感到，自己真的走到了絕路。

三、

個子矮矮的，爬到木梯頂上，有點像猴子。

其實他遠沒有猴子那般靈活。

早就知道自己畏高。小時候，站在四層高的唐樓天台，向街道望，腳底立即生了寒意，並且立即有了癱軟的感覺。畏高症並未隨着成長而改善。

挺立在木梯頂上操作，伸長了手臂，每個動作都必須小心翼翼，不能有分毫差錯。一直在心底裏警惕自己，從高梯上摔了下來，大清晨，有誰會發現？

除非是有警察剛好巡邏經過。

很糟！

身量小，要挺直腰板，才能接觸到那些字。

就扶着這些由銅鑄成的字作為支撐點吧。

感覺真的很特別。

接近了，才發現在地面看時不那麼大的字，湊到眼前，就像放在放大鏡下，變得很大了。

很久已未跟文字有這麼近距離的接觸。不但接觸了，還要為它們的一劃一撇，細細地加以擦抹，清潔，讓文字更加亮麗起來。

「國」、「隆」、「興」……，店名的筆劃原來都是那麼繁複，也許這樣看起來就較有氣勢，而且，把這二、三個字合拼起來，就有了很吉祥的意味。

為甚麼不記得小時候是否抄寫過這些文字？是不是因為這些文字太艱深？

唉！說甚麼？都是讀書少！

不能想得那麼多。

得全神貫注。

也不是嬌生慣養，怎麼擦了一會兒，手就酸痛了？

「鬼叫你窮呀，頂硬上啦！」

他的嘴角微微歪了一下，莫名其妙地擠出一個笑來。

## 四、

「功課做好了？招仔？」

「做好了。」

「默書默好了？」

「好不好，明天默書後才知道。」

「一會兒我跟你默書，溫習。」

「爸，你今天寫了多少字？」

「……」

「爸，你也要交功課嗎？」

「……」

能不交功課嗎？每個人都得為生活交足功課，一進了社會大學，就得更加拼命了。

「招仔，你得努力讀書，識多幾個字，我小時讀書少……」典型家長的口吻。但這真是趙成最希望對招仔說的話。

趙成想再說點甚麼，卻不知該怎樣說下去。

五、

不是不明白，這樣的工作，縱使擔驚受怕，並且以他的年紀，也已經顯得力不從心，會很辛苦，然而更可悲的是，就是做了這份工作，也不足以糊口。都是街坊生意，一家店鋪的招牌多久才得清潔一次？

那些笨重的謀生工具，使他連遠一點的生意也不能，也不敢接來做。

並不是不想做清潔工，只是市道這麼差，甚麼行業都人浮於事了。

自己都這把年紀了。

但只要他做得來，這類擦招牌的工作還是找得到的。

「老闆，市內的空氣污染，招牌是要時不時擦亮啦。」這樣的説詞實而不華，多數老闆都聽得進去。

而且價錢不但公道，簡直是低微啦！

也許可以到別的地區拉生意，然後跟清潔公司合作，配合他們的方便，送自己一程。不然，向清潔公司建議，作為它們的一個服務項目，工作由自己來做。

六、

「爸，爸，快來，好消息。」

招仔看到剛回來的父親，高聲地叫着，帶着了興奮。

「甚麼？」

「你看。」

唐樓的窗櫺鏽跡斑駁，趙成剛想叫住兒子，別靠過去，招仔已經伸手出去，指着對面燈火輝煌，看來已接近裝修完畢的食肆。

「爸，你又有新的地方可以寫字了。」快開張的食肆規模頗大，店名的幾個大字由大紅紙蓋着，像幾張笑臉。這是逆市開張。

趙成看過食肆派發的宣傳單張，說是再過兩天就可以開張了。二十四小時經營。

「……」

「爸，你真的喜歡寫字嗎？」

他默默地摸了招仔的頭。

「招仔，你寫好了字了嗎？……」

七、

已關了燈的房內突然亮了起來，剛要睡覺的父子不約而同從牀上彈了起來。

街外早已有了街燈，現在更是燈火通明。

父子憑着窗檽，看得有點呆了。

食肆招牌上的大紅紙早已被揭去。

那些隔了整條街依然清楚可辨的店名，以鮮豔的紅色，不斷跳動着，閃閃滅滅，叫人看了覺得目眩。

「爸，你看那些字真亮呀，亮得真叫人盲眼。爸，它們還需要請人擦亮嗎？」

八、

招仔再也無法像以往那樣，時間到了就入睡。

他現在就像為了過日子而焦慮的爸一樣，開始犯了失眠了。

關了燈的房裏就像電影院，有光影不斷閃動。

加上從街上傳來的嘈音，就像音響效果，就更加像在放映電影。

爸爸叫他睡，他索性睜開了眼睛。
「睡啦，睡啦，阿仔，你聽日仲要返學呀！……」

九、

倒霉的父親終於從街邊布疋攤檔老闆那裏，以很低廉價錢，買了一塊賣剩的幾乎已經沒有人要的布料。

布料掛上了窗上，就像立即變成了銀幕，布料上閃動的光影，在上映着一部不知叫甚麼名字的電影。

可是，情況總算好得多了。

只是，招仔從此不時就發着夢話。

「爸，好亮呀，好亮呀！。」

十、

「老闆，這座都市愈來愈污染了……我可以把你店鋪的招牌擦得很亮很亮……」

空氣污染。

噪音污染。

光污染。

很多很多的污染。

整個世界都嚴重染污了，地球人在肆意破壞自己生存的星球，未來的氣候會愈來愈熱……。

有關的新聞報導愈來愈多了。

趙成以往不太關心。

所有這些，離開他的生活還遠着哩。他還有更要緊的事要牽掛。

但他不得不牽掛了。

他還記得去年酷熱的日子。把全部窗子打開，招仔還不停地叫嚷。

「熱呀，熱呀。」

當那些叫他翻側難眠的日子再來臨的時候，他該怎樣辦呢？還可以把布料掛在窗上阻擋光影嗎？

氣溫會再打破歷史記錄嗎？

望着已經入睡的招仔，想着未來日子，趙成已發愁得難以入眠。

我這個現在才開始寫字的不出息的父親！

……

# 履歷表

姓名：

瑪麗亞……

燦爛陽光下，那些聚在公園、穿着鮮豔服裝、載歌載舞的女子中，要是有人突然扯高嗓子、帶着愉悅喊着：瑪麗亞！一定有人應着。她最有可能是菲律賓女子。

瑪麗亞只不過是一個最多人會起的，我們最經常會聽到的名字。要是我們聽到的名字叫努那、維拉瓦蒂，極可能就是印尼女子；被稱作納塔婭、葩柯妮的，大概就是泰國女子；至於莎達這樣的名字，很有機會是孟加拉女子。這些名字不像瑪麗亞那樣流行，易記，身份卻都一樣。

性別：

女。

這裏所指的性別，是別有深意的。這些離家別井、清一色的女子，命運有種夙命般的相同。只因性別符合需求，才會有這麼多名叫瑪麗亞或其他名字的女子，來到這座都市，或世界各大城市，從事於對她們來說性質大同小異的工作。

年齡：……

她們喜歡在公園或其他公眾場合舉行生日會。

在異鄉，沒有一個真正屬於自己的家了，沒有最親的家人了，只能靠在異鄉結識的朋友們。朋友們為自己慶祝，自己為朋友們慶祝。

漫長的一年裏，當一回主角，其他時間當配角，但這已經很好了。機會難得，每個主角都會悉心打扮。雖然生日會意味着自己又大了一歲，但打扮後反而變得年輕了，至少感覺上是如此，因為難得的快樂。有的主角真的很年輕，打扮後就變得更加年輕了，愈加顯出了那份幼嫩。這樣幼嫩的孩子，就已離鄉別井，在喜悅中突然冒出來的一份傷感，常常也叫人卒不及防。較年邁的主角，打扮後突然多了一份活力，甚至多了一份陌生的美麗，也是叫人卒不及防的。更多的主角，年紀都差不多，因為差不多，產生共振的效果就更佳。既是用自己的愉悅來感染別人，也不知不覺沉浸在共振出來的巨大愉悅海洋裏。

國籍：

她們的國籍，表現出來永遠不會是抽象的，往往很具體，以特別形式表達出來，而且是群體的。在一塊空地，幾十個人圍繞成圈子，垂頭微閉着眼。一個很有領袖氣質的女子站在中間，手持聖經，在做主持，或在佈道？一看就知道她們是來自信奉基督教的菲律賓女子了。

更壯觀的場面：公園草地上，披着白色頭巾、擠得密密麻麻的女子，集體祈禱。遠遠望去，頓成了一片白色世界。沉寂而肅穆，聖潔而祥和。噢，是一群信奉回教的印尼女子。

地址：

在千千萬萬的家庭裏。

或者，更可能，在公眾電話亭裏，或者是更加方便的手機。

公眾電話亭的地方雖然細小，卻是一個巨大世界，一個她們可以笑和哭的傾訴地方。

手機好處在於可以獨處任何地方的一個小角落，向親人細訴心事。

婚姻狀況：

已婚。

要是已婚中年女子，她最牽掛在心頭的，必然是兒子。

就像她，一個來自社會低層的泰國母親。她用很無奈的聲音說，孩子不喜歡讀書，貪玩，結交了一些壞人。

你不擔心嗎？

怎麼不會擔心！

那麼你怎麼又來這裏打工？

沒有辦法，誰不希望看着自己的孩子好好成長？但一個人到了沒有辦法的地步，找條生路比甚麼都重要。現在他又長大幾歲了，無論如何都要找份工，或者做個學徒，跟人家做做裝修，甚麼的。

你的丈夫呢？他不管孩子嗎？

她苦笑了一下，卻沒有多說甚麼。

甚麼時候她的履歷表會改上：離婚、未婚、或再婚？

婚姻狀況：

未婚。

這對南亞年輕男女，每逢週末，要是晴朗的日子，總會結伴而來，到公共碼頭來觀賞海景。

也許不是結伴而來，而是那個外表看來總是忐忑不安、卻是很懇勤的男青年跟着而來。

兩人的個子都差不多，有着南亞典型的瘦小身材，膚色沉黑。年輕女子穿了襲花裙子，帶出很具異國風情的婀娜，這是在她身上才能找得到的獨特氣質。

花裙女子走在前頭，雙十年華，她所顯現出來的情迷意亂帶着了這個年紀常會看到的不知所措的意味。年輕男子緊跟在後頭，很殷勤地在說些甚麼。沒有人聽得懂他們的言語，因而他們的秘密即便是這麼公開，仍是沒有人可以聽得出來的秘密。

穿着 T 恤牛仔褲的年輕男子顯得沒有自信，他的有點忐忑不安的神情就像是國際語言，讓即使是旁人都看得出來。這一男一女有時似是在討價還價，可是這個價錢無法談得清楚，他們談的是無價的東西。真的是愛情嗎？

年輕男子緊跟在後，有時會作些努力，加快了幾步，跟花裙少女並肩了。他會側過面來，看着年輕女子的表情如何。

會不會有這樣的日子，他們的履歷表都填上：已婚。

# 這個人

這個人擠進電梯，迫到他的眼前，幾乎是臉貼着臉了（他其實出於本能想後退一步，但已退無可退），因而他得以極仔細看到了這個人的面容：極度疲累、蒼白，積累了一整天還未及消散掉的怒氣和怨氣，掩飾不了的挫敗和沮喪的神色，全都在這個人垂下的眼瞼和緊閉的嘴巴顯露了出來。

整張臉的輪廓變得有點扭曲，有點失真。

太奇妙的感覺了，對這個人看得太真確了，反而看出了他的面相的失真。

也許這個人覺得戴了一整天的面具，到了現在無需再戴了，除了下來，就露出了真的本相，而真的本相已被扭曲得失真。

這個人需要時間修補他的情緒，讓他的本相未至於太失真。

其實，應該說，大部份人都來不及修補，也許一日接着一日來不及的修補，終於導致一個人的面相，連帶着心理，都改變了。

這種人，隨時會因了一點火苗引燃，把滿腹的怒氣和怨氣都爆發了出來。他就是這樣一個人，情緒很躁，然而……

一股才在三秒之前，猛然竄上他的心頭的怒火，卻非常突然，有效，像被一盆凍水當頭淋下般，淋熄了。

是被他突然看到的、湊在眼前的這個人滿臉的複雜而豐富的內容淋熄了。

如果有一部攝錄機可以把這一切都攝錄下來的話，他剛才猛然竄上心頭的怒火，是有個很短暫的形成過程的。

（或許應該這樣説明一下，他的心火早已很旺盛，可是如果沒有這個人的出現，他的心火應該不會立即變得熊熊，然而這個人擠進電梯時一個微細的動作，大大刺激了他的神經，足以引發整座火山爆發。）

過程是這樣的。

大堂裏，全部等候的人都已進了電梯了，這時他看見這個人還在大鐵閘門外，極焦慮地按着大門開啟的密碼，然後急急地推開鐵閘，看來這個人不想錯過這一趟電梯。

他就按着「OPEN」的按鈕，等這個人。

這個人三步並成兩步地衝上來，只要一閃身就可以輕易地擠進來了。然而就在這個人擠進電梯前，突然停住了步，伸出手，作勢按了一下電梯外的「Open」按鈕（天呀，是作勢，不是真按）。

他的無名心火，就是隨着這個人的這一個雖微小卻非常「多餘」的動作而猛然竄了上來的。看不到我已經按了「Open」按鈕，恭候着你老爺了嗎？

要是我按上「Close」按鈕，電梯門早已關上，升到一樓去了，還用得着你這「多餘」的手勢。他憤憤地想。

這個人真蠢，不用腦。

然而，突然湊近眼前的這個人的臉龐卻突然叫他明白，這個人的確並非真的無視於他為這個人所做的一切，或者對他抱着藐視的態度。這個人的「多餘」動作完全出於本能，這是這個人在類似的情況下都會做出的「例牌」動作。

這個人真的只是習慣這樣做而已。並非對他才這樣。

他可以想像，這個人生活在爾虞我詐的環境中，這個人不再習慣去信任任何人，這個人改而信任自己，這是安全系數最大的一個方法，因而他習慣了那個「多餘」的動作。

你不應該因為這個人那個不由得他控制的動作而對這個人心生怨氣或怒氣。這是這個人生活裏要面對的例牌。

還不明白嗎？這個人已領受了很多次別人的「不顧而去」。不僅僅是搭電梯這樣的小事，還有其他很多事情，都是這樣。

你撫心自問一下，你在生活的折磨下（除非你很幸運不受生活折磨），是否也會作出種種類似惹人生氣（甚至被人斥為「不知所謂」）的動作？

我的確也會作出類似的動作，他喃喃自語着。

會有，就不該對別人生氣，不該那麼小氣。

這時，他甚至在這張迫近他眼前的臉上，看到了很多委屈，看到很多就快要湧出來，但終究沒有勇氣流淌出來的眼淚。

這時，他很想摸一摸這個人，很想對這個人說，不必煩惱，一切都會好起來的。雖是例牌話，總比沒有的好。

可是，因為這句例牌的話，還要加了個想撫摸他的動作，就不那麼例牌了，就不那麼習慣了，就不能像以往那樣，很順口說了出來。

他好像聽到自己從心底裏，深深地嘆了一聲。

他又想，這個人這麼湊近我，這個人也看到我剛才臉上表情（即便是瞬間）的變化了嗎？

應該沒有。這個人一直低着頭。

即使是被這個人看到了，自己的面相也極可能是這樣：極度疲累、蒼白；還未及消散掉的一天積累下來的怒氣和怨氣；掩飾不了的挫敗和沮喪的神色，全都流露在垂下的眼瞼和緊閉的嘴巴裏。

自己的面相應該跟這個人很相似。

這種人外表很平靜，但很容易有心火。

很容易會為一點小事而冒火。

# 二十一世紀
# 一十年代

# 酒徒

那時，我已驗出患有糖尿病，不算嚴重，卻也不敢怠慢了，遵醫生囑咐，每天乖乖地到小公園做點運動。

我總是比他先到。我每天很專心的做着一套預定的動作，做完了，汗出來了，心也安了。他一來則找了張長凳坐了，一心一意喝起啤酒來。公園景觀很幽美，遊人卻稀少，因此從沒有人跟我們爭座位，我們總可以在同一位置上，做我們喜歡的事。他一坐就是一、二個小時，跟我做運動的時間差不多。他喝啤酒時的神態很悠閒，把啤酒從他隨身攜帶的環保袋裏掏出來的輕鬆動作，與我做運動時的輕柔動作，以及我倆時不時會昂起頭來，遙望藍天的愉悅表情，有種很奇妙的合拍，都在享受一天裏難得美好的時光。

也許他表現得更怡然，一罐又一罐的啤酒掏了出來，像掏寶一樣，竟讓人有種美的感覺。但這極可能是錯覺。

雖然相同之處這麼多，極其重要的一點卻完全不同了。我做點運動，是在很有意識地拖延身體的老化。他呢？每天灌下七、八罐啤酒，無論怎樣説，都是在損害自己健康。我有時想，我每天都在給他做着示範，正常、健康的日子該是這樣過的，而他卻懵然不覺。不知不覺之間，他就做了我的反面活教材，我的努力是對的，值得堅持下去。這樣想着，虛榮心就生了出來了。

人就是這樣，在小事上也表現得很幼稚。有了他的襯托，自我感覺很好。

每天，在固定時間，他慢吞吞地走了過來，環保袋搭在肩頭上。有時，一眼望去，竟覺得他的肩膀有點傾側了。一個人每天都可以裝得下這麼多啤酒，對於我這個沒有喝酒習慣的人，就感到有點不同思議。

一個人喝慣了啤酒，怕會愈喝愈多，不過他也該到了一個限度了。

我覺得，酒把他麻住了，他整個人無論精神上和動作上，都顯得比一般人呆滯。當然，也有可能是我的先入為主的緣故。

那件事發生了後，無形中把我們倆的距離拉近了。是突發的。

其實事情已經發生了一半，我才察覺的，也就是事情已發展到最惡劣的時候。三、四個亞洲外籍人，圍着這名酒徒，七手八腳的，有的按住他的身體，有的要去搶他的環保袋來查看，而酒徒在極力掙扎着。在一向氣氛悠閒的公園，這樣激烈的大動作，以及由此引起的爭吵聲，就格外惹人注目。

如果我不走過去看看，到底發生了甚麼事，做點甚麼調解也好，自己也覺得太不像話了。酒徒不知已喝下多少罐啤酒了，即使掙扎也顯得軟弱無力，無法掙脱幾個孔武有力的亞洲外籍漢子的糾纏。酒徒發出的聲音也是無力的，甚至聽不出有絲毫怒意，倒是有幾分受委屈。但那張臉，則露出了很明顯的憤怒，大概也是因為喝啤酒都有一定份量了，整張臉龐都脹紅了起來。他嚷着：「都黐線嘅！」縱有譴責之意，也不是主要的，只求脱身。就因為他的反應僅是如此，亞洲外籍人就似乎覺得自己做得有道理，就更加不放手了。

「都黐線嘅！」

看我走近，他繼續這樣嚷着。

很快就知道發生了甚麼事了。亞洲外籍人丟了一部手機，斷定就是這個酒徒偷的，要搜查他的環保袋。這當然是極無禮的行為，也於法不合，酒徒沒有破口大罵，也算是很溫和的了。

正在鬧得不可開交的時候，不遠處卻傳來叫喊的聲音，有人手裏揚着一部手機，問是誰丟失的？幾個亞洲外籍人同時回頭一望，立即拋下酒徒，趕了過去，原來手機是遺留在他們早前坐過的長椅上。這實在是叫人莫名其妙的事，他們為甚麼把手機遺留在那裏，又來找這個酒徒的晦氣呢？

亞洲外籍人找到手機後，倒是感到歉意，走過來要跟酒徒握手，酒徒只是偏過頭去，揮了揮手。

「都黐線嘅！」

事過情遷，他繼續喝啤酒，剛才發生的事似乎沒有影響他的興致。

其實我有點為他難過，甚至有點憤憤不平。

然而，我也覺得他是個比較特別的人。

他過着這樣的生活方式，大概也把自己改變了，最明顯的，也許就是他的性情。

這件事發生了以後，我不免對他多看了幾眼，一點一點觀察積累了起來，印象就完整、深刻得多了。我感到，亞洲外籍人敢對他這樣無禮，跟他的外貌和他喝酒時露出的頹態，不太容易得到人家的尊重，應該有着關係。

「先敬羅衣後敬人」，無論到了哪裏，這點人性想來都是一樣的。

他整個人，給了人不潔淨的感覺，是近乎叫化子的形象了，特別是乍眼一看的時候。我直覺感到，太沉醉於酒的人，都不太着重外表。都沒有那份心思了。

他身上最健康也是最好看的，怕只有頭髮了，濃密烏黑，長至披肩。但身體其他部份就不敢恭維了。他的臉部總像是帶着污跡，可能是由幾個因素引起。他大概是長時間在戶外，風吹雨打日曬雨淋的機會就比別人多，膚色就偏於污黑了。大概也是個人衛生做得不夠。再者，他喜歡穿黑色衣服，一件灰黑色T恤，一條很寬鬆的黑褲，褲管在海風的吹拂下，不斷飄蕩，彷彿要招惹人去注視他的那雙腳。

確實，最要不得的，就是他的那雙腳了。他長年蹬着一對拖鞋，真的可說那雙腳有多骯髒就有多骯髒了。然而最要命的是他的坐姿。當他喝到了某個程度，感到整個人最舒服的時候，兩條腿就會縮了起來，放在長凳上。然後，酒徒一手抱着一條腿，另一條腿屈曲着橫放，兩隻滿是污跡的腳板就並排着陳列在眾人眼前。

確實有人隔着一個距離，對他大不敬地悄悄指指點點，說他整個人，像被用黑色膠袋裝起的垃圾。

到了後來，他坐的那個位置，已沒有多少人願意坐上去。有人是會介意的。

我行我素，是他的活法。他並不需要別人的關顧，有了啤酒相伴，就是他的整個世界了，你說悲哀也好，他在這個自己營造的世界裏，一切都有了。

酒徒也有憤憤不平的時候。

一般人在相同情況下，反而會視若無睹。

這個小公園內沒有設公廁，到其他公園的公廁，有段距離。如果是大便，當然是要上廁所了。要是小便呢？儘管公園裏人來人往，也不時有人貪方便，縮到有樹木遮掩的地方方便。酒徒雖然喝啤酒，尿要比別人多，卻絕不會做這等事。當他一看有人縮到一個角落去，露出一副猥瑣不堪的樣子，就露出鄙夷的神色，是很不值他們所為的。

「呢啲人渣！」他側着頭，望着樹影花叢裏的撒尿男人，搖了搖頭。他用字一向是很少的，或許是因為他喝酒多，思維能力減弱了，然而是非感，看來還是分明的。

有人做的缺德事，不可思議。

公園裏明明貼有告示，不准帶狗進內，有人卻帶進來了。這也算了，有些人還嫌不夠，做了更加缺德的事來，過份得難以想像。

那天我看到的一幕，真是眼火都爆。

有個人帶了塊頭偌大的狗進園來，來到酒徒身邊，這個人的手指頭突然做了個很細微的、叫人無法覺察到的動作，狗就突然挺直身子，向酒徒撲去。

狗應當是受過訓練，不會咬人，看來是狗主想嚇嚇人，從中得到一點樂趣。看看狗主在狗向酒徒撲去後，露出白癡一般的，笑瞇瞇的、極度無聊的，叫人作嘔的樣子，就知道了。

酒徒大概剛好也看到了這位無聊人的手指動作，憤怒地指責他：「人渣嚟嘅，黐X線。」他的語氣太溫和，我氣不過，不禁加把口。

「你帶狗進來已不合規矩，還做這等卑鄙的動作。人渣嚟嘅，黐X線。」這個人依然一副嬉皮笑臉的樣子。你說拿他怎辦？是個愛護動物的人嗎？

儘管我不贊同酒徒喝酒太多，慢慢地卻也對他生了幾分好感。我不知道他的世界，也不敢隨便問。也許他有甚麼特別緣故才這樣酗酒？

我一直相信，酒精把他灌得迷糊呆滯了，從而把他弄成這麼個特別的形象，造成的結果固然導致他永遠不會理睬人，卻也誰也不會，或不敢搭理他。總之，跟他保持一定距離最保險。

他注定是個很孤寂的人。

也許只有想侮辱他的人，才會走近他。

直至那一天，我對他的觀感才發生很大的變化。

那一天，我走過他身邊時，他突然帶着哭腔對我說：「那間小店舖執笠了，我去買啤酒的那間舖執了。」

他這番話，看來已憋了很久了，看到了一個勉強可以傾訴一下的人，就爆發了出來。他自己真的控制不住了。他幾乎要站起來拉住我，好好跟我聊上幾句。

我很快就知道了原委。附近的幾棟舊樓，面臨遷拆重建，居民都搬走了，地面的幾家店舖都空置了，留守到最後的一間雜貨舖當然逃不過執笠的命運。

想不到這間雜貨舖的結業，對這個酒徒會產生那麼大的影響。

酒徒說：「我只是個小客仔，看到雜貨舖的生意愈來愈零落，很願意幫襯它，只是老闆卻一直叫我戒酒。他說我酒喝太多了，不好，傷身的，一定要戒。」

我知道我多少也得搭腔，不然我就顯得過份冷漠了。

我說：「你還是戒不了？」

「對，我對老闆說，這是我惟一的樂趣，我實在無法戒，老闆。」

然後我知道了，雜貨舖老闆和酒徒之間，曾經有過這樣的對話。這樣的對話內容在他們日常的接觸中，怕也重重複複了很多次了。

老闆說：「你不戒，我再也不賣給你了。」

「每天一個顧客八罐以上的啤酒生意，你都不做？」

「你真的喝得太多了，你記得嗎？你開始來這裏買的時候，也不過是三、四罐，現在多少罐呢？至少八罐了吧，老友，喝啤酒不是這樣喝的，喝得太多不好。」

「我不在這裏買，別處也有。」

「先減一罐好不好，每天先減喝一罐。」

「我減不了了，減少了，我這一天就過不去了。老闆，你迫我到別處買，我的酒量就會一直加上去。」

「唉，再也不能加了，加了會害死你的。」

「不加，不加，你還是繼續買給我。」

我想不到這位酒徒一下子說了這麼多話，我自己也感到奇怪，自己可以站着聽他說這些多話，即使是公園裏的其他人，也覺得好奇，遠遠地站着看着我們，他們心中一定好奇我們說些甚麼，但他們最後還是會選擇對他敬而遠之。

這是一般人的正常反應，毫不出奇。

但我覺得在這個酒徒的話裏，有點甚麼東西，把我的心揪了一下。

沒有了這家小雜貨店，酒徒現在到那裏去買酒呢？最方便的當然是連鎖便利店了。誰也不在乎這個酒徒的酒量了，最好他買多些。他的酒量大有可能是會增加的。對這位酒徒，不會有人在意了。

其實，那間簡陋的小雜貨舖，也會有人在意嗎？如果說，小雜貨舖和酒徒，有種相濡以沫的關係，說得通嗎？然而明顯，雜貨舖老闆對這種形式的相濡以沫，是感到不安的。

那天我順口問了問酒徒。

「先生，你貴姓？」

「姓何。」

他的突然爆發的熱情，卻已冷卻下去了，又坐到長凳，喝他心愛的啤酒。

酒徒喝着啤酒，愈來愈像喝着悶酒，他的寂寞就愈顯得無邊無際，這裏面也許也有着很多失落吧！

然而他的「斯人獨憔悴」，在別人眼中，已不算是甚麼一回事了。

我不知道我想得對不對，我總以為，他是不會花心思去思考都市發展的大道理的，不會去思考不該讓那些富有人情味的小店小舖無聲無息消失。甚至於，他所眷戀的那點溫情，恐怕他也不會花甚麼心思去思考。只不過，他曾經體味過的那點點溫情頓然失去了，發現原來他所能得到的溫情，也不過就是這麼一點點，因而，即使是像他這麼個感覺遲鈍的人，也有了強烈的反應。

整個城市在不斷地變，酒徒雖然表面看來不變，其實，他不可避免，也在不斷地變，他的變，有相當一大部份是被動的變。我逐漸看到了一個叫人黯然神傷的事實，都市的變，跟酒徒的變，是如此背道而馳。當城市變得多一些，酒徒就失去多一些。都市變得愈來愈亮麗，而愈亮麗的東西，酒徒就愈沒有資格擁有。

社會大環境的變化和發展的趨勢就是如此，對於懷舊者來說，會覺得無可奈何。對於積極進取的人，有能耐的人，欣欣向榮的人，都市的發展卻又是件歡欣鼓舞的事。如此而已。

認識酒徒之前，我還不會這樣強烈感受到，還不會想到這座都市的人情味縱使流失到何等程度，對那些有能耐的人，能從發展中得到很大利益的人，都不會是甚麼問題，反而會覺得這樣太好了，因為可以有千萬種方法來代替。

可是對這位姓何的酒徒，就不同了。

其實不僅僅是他一個人了，至少我，就有了身同感受的那種感覺。

過了不久，酒徒卻不再坐到他專屬的長板凳上了。

偶爾還可以看見他橫穿公園而過，在一個一定的距離內，反而可以把他看得清楚些。他整個形象呈現的孱弱叫我吃驚，也許是因為他跟其他遊人身形有了比較，才讓我有了這樣的更強烈的感覺。他的腳步變得很拖拉，他的個子原來是這麼瘦小。這是一種正在被甚麼侵蝕甚至於摧毀的瘦小。我看得出，他是抱病在身的。

後來有幾回看見他，卻看見他手裏只拿着一支樽裝蒸餾水。

當時我只覺得，這是我看到他的最大的變化。

一年多後，他連蹤影都不見了。

我只是朝着好的方向想，他大概可以脫離區內的散仔館了，他上了公屋了。

或者，我真的不知道，我們這座都市是否有任何可以收容他這類病人的診療所，如果有，他可能住到那裏去了。

永遠不會在我眼前消失的是遠處的獅子山。只要不是被濃霧籠罩，只要是萬里晴空的日子，貼在藍天上的獅子頭，真的是美麗得可以讓人忘憂。獅子山的美麗是她所代表的那份永恆，淡定，精神。但想起了酒徒，總不免有股惆悵之情，從心底裏冒了起來。

# 相愛即是相依

他們都到了需要使用拐杖的年紀了。一用上這種東西，人生就到了最明顯的分水嶺，生活的一切都改了面貌。

起碼，再也不敢粗心大意。

完全明白到，生活的所有細節，都絕對容許不了粗枝大葉。

日常生活裏的動作減少了很多，然而每一個即便只是小小的動作，卻又充滿了細節，就像電影裏的慢鏡頭。

要是都好看的，很浪漫的，那當然求之不得。

只是，愈來愈像是放在顯微鏡底下去審視，再不顯眼的細節都會被捕捉，完全失去了逃脫能力，顯示出來的又都極之不堪。

老夫的體質，近一、兩年來極速退化。

現在，每次老夫老妻一塊兒去政府地區診所覆診，總少不免有以下的情景重現：

看完了病，夫妻倆都習慣了坐在診所裏的長板凳，休息一會兒。為的是儲蓄點腳力，為即將踏上的一段路，作好心理和腳力準備。

出了診所的那條斜路，已愈來愈叫他們心怵。其實也不是很斜，然而對膝蓋已受到相當磨損，加上嚴重骨質疏鬆的老人家來說，真是一場考驗。只要腳下一個不穩，腿的不論哪個部份軟了，跌倒了，還真有可能往下滾了一、兩下，造成的後果不堪設想。

老人怕跌。

不理想的情況往往出現：做某一件事，本意是為了解決即將面對的問題。然而正因為做了這件事，不但解決不了即將面對的問題，新的問題卻先產生了。

凡是老人家，坐得久了，骨頭又僵硬了。

骨頭僵硬了會是怎樣的？老人家都會有這樣痛苦的經驗：骨頭就像被強力膠，膠實了，再也鬆動不了。

每次都是這樣的：覺得休息夠了，準備出發時，都是老妻先調整了一下身子，借着枴杖的力，從長板凳上站起來，還看不出得花點特別的力氣。

老夫顯然就不行了。

看得出，只站起來這個動作，對他已構成了心理壓力。

每次想站起來，長板凳就像有隻手，把他拉住。

老夫也會在站立起來前，把身體調整了一下，臉上有種思考的表情，相信腿的骨骼和肌肉都已調整到最適當的位置，把全身的力都聚焦在雙腿上。

屁股距離長板凳稍高了一些，最終還是跌坐到長板凳上。

最折磨他的，倒不是他站立不起來這回事。

而是站在身邊的老妻。

老婆似乎只給了他兩次失敗的機會。

永遠不會給他第三次。

當他第二次站不起來，跌坐到長板凳上去的時候，老妻已面露焦慮的神色。

當他第三次要站起來的時候，老妻就慌忙地伸出手來，挽住他的胳膊。

老夫放棄了努力，坐了下來。

「免了（意即我不需要你扶）。」他揚起頭來，對老妻說。

「免了，」他不耐煩地加重語氣又說：「我不知說了多少次了，免了，我可以自己來。」

其實他的語氣裏更多的是充斥着挫折感。

如果老妻只站在身邊，用一種欣賞他的溫文笑容，只看着他，任由他怎樣努力地站起來，絕不施以援手，他一定會感激不盡，但情況往往不是這樣。

當他又要站起來的時候，她又不由自主地伸出手來，他又再一次自暴自棄似的，坐了下來。

「免了。」他真的有點生氣了。每一次都是這樣。

老妻想說，難道你懵懂得連對方那點愛的表示，都分不清楚了嗎？

不是愛情，愛情早已轉化為親情。而且不是一般的親情，是女性與生俱來的難以抑制的母性的爆發。

可是這樣的話如何跟他說？

對他說，相愛即是相依？

其實他是站得起來的，只要給他多幾次試試的機會就可以。

終於站立了起來的老夫，有種洋洋得意的神色。老妻焦慮的神色，也都一下子鬆弛了下來。老夫老婆在這樣的時候對望了一下，都笑了。

一個人的一生，經歷了多少險阻？但都可以忘記了。一切都經歷了，都看化了。也許一生曾拼命地去爭奪過甚麼名利，其實也不過是過眼雲煙而已。

克服眼前倆人都得面對的（在別人眼中微不足道的）困難，才是最真實的人生。微不足道的困難？然而這一生，卻未曾如此清楚看到，這樣的微不足道的困難，以後會變得完全克服不了。

老夫老妻都明白了這一點。

似乎一生的歷練，都是為了這一刻的來臨。

一種意志，一個信念。

雖然到了最後，意志和信念也都起不了甚麼作用了。

人的一生，可以幹得轟轟烈烈，不過常常要借助很多外來的力量來成就自己。

到了這一刻，做人最真實。

昔日輔助你的一切，大概都派不上用場了。你還用得上權勢，金錢，不擇手段的陰謀詭計，顛倒是非的謊言來幫你嗎？再愚蠢的人都不會這樣想，因為沒有甚麼意義了。都必須返璞歸真。

就為了一次能夠從長板凳上站立起來的舉動。

能夠依靠着自己的力量，再一次站立起來，就是一次再偉大不過的成就。

一個人到了某個年紀的時候，這樣的感覺最真切。

老妻是懂得的，只是還沒有像老夫感受得那麼深切。

老妻還想助老夫一臂之力。

這個老頭，素來就好強。

好強就繼續由得他去好強好了，只不過，心裏有時確實擔心罷了。

一旦不慎跌倒怎辦？老人怕跌，一跌隨時難以收拾。

老夫也開始有了自知之明，明白即使那麼一個再簡單不過的動作，都隨時做不來。他都知道，凡事不能像以往那樣逞強的了。

每次夫妻倆一起出門，去公園散散步，他們已懂得輕裝出發。無論如何總得隨身帶點東西，但盡量少帶了。所帶的東西都裝在一個環保袋裏：一樽清水，一把雨傘，幾顆急用時的糖果，一點食物。

幸好都是夫妻倆可以共用的。

這個環保袋，從家裏出發到回家，都全程由老妻帶着。

老公不是沒有爭過，一次慘痛的經歷，讓他知道，他真的不行了。也不是甚麼大事，是老人家最可能遇上，也是極可能導致嚴重後果的事。跌倒。

猶存的恐懼依然清晰留在腦子裏。他相信，要是他當時沒有拿着環保袋，他一定不會跌倒。環保袋就像一條繩子，把他本來以為還有點靈活的身手都綁住了。他終於明白了一個道理，把一根稻草放在已負重過度的駱駝的背上，也可以讓駱駝崩潰。

遇事當時，他想要做出來的動作都失靈了，心裏一急，只見眼前一黑，就倒栽了下去。在有點傾斜的路面上，也不知打了多少滾。這次重跌，是他身體一次分水嶺。他的身體，從此就一直衰退。

就是從那次起，老妻再也不敢怠慢了，他的每個小動作，她都要緊緊盯着。

老夫捍衛自己的感覺，就更加強烈了。

一個環保袋都保衛不了，難道連自己的身體都保護不了了嗎？都需要時時刻刻有個人守護着？這是他的最後一道防線。

但很多人，這一條防線早都已經垮了。

老夫明白，要不是老妻的身體比起他來，還算得上是硬朗，他連一次出來公園散步的機會都沒有了。

有一回，老夫老妻一起出外，突然來了一陣滂沱大雨。手忙腳亂之下，老妻花了好幾分鐘，竟都打不開傘。兩人都已被淋了個落湯雞，反而鎮定了下來，把傘打開了。其實只不過是過雲雨，傘打開了，雨卻很快也停了。

在雨停之前，有那麼一刻，出現了這麼一個鏡頭：

他們根本不知道雨是會那麼快就停了下來的。他們都不敢走了，停在原地。老妻雙手都沒有空了，老夫用一隻手摟着老妻的腰。兩人是那麼近，在感覺上這一生從來都沒有這樣靠近。他看到了老妻面有愧色，或許這是因為她剛才打不開雨傘的緣故。他突然感到，這是世界上最美麗的表情，是那麼溫柔、善良、體貼。一種感情可以這樣溫潤如玉，能上哪裏去找呢？就在這時，他的嘴角露出只有老妻才能覺察到的微笑，那種感覺，有一種天荒地老的情義。

也許就是那種海枯石爛的誓盟。

初戀時山盟海誓，說要海枯石爛，其實是沒有那樣的真實體驗的。

原來，相愛，到了最後，就變成相依了嗎？

# 世界上最虔誠的眼神

像一條長龍般，一輛又一輛的鐵車仔，十多輛，由魚檔的職員推着，浩浩蕩蕩走向公眾碼頭。鐵車仔上各載着幾個偌大的膠桶，膠桶裏裝着各種肥美的鮮魚，還有蟹蝦。這樣少見的壯觀場合哪能輕易放過？

姜昕舉起手機，拍下。

主持放生儀式的法師走在最前頭，黃褐色法袍在海風吹拂下飄逸無比。尾隨的數十個善男信女，用與平時迥異的虔敬步伐行走。姜昕舉起手機，拍下。

膠桶從鐵車仔搬了下來，整整齊齊排列成正方形。善男信女圍繞着膠桶陣，排列成大大的圓圈，像在守護着。

姜昕忙着把每一個膠桶裏肥美的鮮魚拍下。每拍下一張，都要以少女天真的微笑，揮一揮手，向快要獲得新生的鮮魚話別。有個膠桶只裝了一尾特大的魚，當她低垂手機，準備拍個近鏡時，魚尾突然擺動了一下，濺起好大的水花，驚嚇之下，姜昕的手機幾乎掉到水裏去。魚擺動魚尾後，轉動魚身，魚嘴露出水面，像要對她說些甚麼，姜昕及時舉起手機，拍下。

五十來歲、身材發福得很有威儀的法師，開始誦經，眾信跟着合十，低首祈禱。然後，在法師的帶領下，眾信圍繞着膠桶，慢慢轉圈。

姜昕一一拍下。

眾多環節，組成了一個完美的放生儀式。姜昕無法知道哪個環節最重要，但她知道哪個環節最好玩。每個人都有機會用盆子，魚網，或是其他盛器，親手把鮮魚放生到海裏去。再笨拙，或是再尊貴的人，在這樣的時候都不會怠慢。

一個個排着隊，在魚檔職員的幫助下，從膠桶撈起鮮魚，到近水處，把鮮魚放走。姜昕呢，雖是忙於拍照，也不會錯過親手放生的機會。媽媽千叮萬囑說，一定要親自放生。姜昕在親手放生時，以少女敏捷的身手，盡可能把每一個放生的動作都拍下，讓母親看了放心。

放生原來很好玩，不是想像中的沉悶。

姜昕不知道在整個放生儀式看來已完美結束後，所發生的事情，是否也算是儀式的最後一個環節，或者只不過是個補充部份。或者最可能甚麼都不是，是純然突發的。

確實很有驚嚇效果！

幾乎所有參加放生儀式的人，都近乎狂熱地捲入這個突然出現的轟動裏去。這個突發事件所具的魅力，極可能甚至比放生儀式本身更大。加入者除了很多像姜昕母親那個年紀的善男信女外，還有很多像她這樣年紀的少女。事後姜昕想起，也許就因為有了她們這些可愛的、活潑少女的加入，轟動效應才會形成。

是誰引發了這場轟動的呢？一定是那個特別虔誠的信徒，臨時向法師提出合照要求，希望因此而能留個特別紀念。這個要求合理，法師應允了。姜昕恍惚記得，就是那個形貌憔悴的中年婦女。

隨後，一切都亂套了。

首先衝到法師身邊要求拍合照的，清一色是少女。她們有優勢，全都能以輕盈的步伐，捷足先登。速度之快，簡直來不及法師的反應，合照已被一一拍了下來。法師所能做的，只能是合十，微笑，站着一動不動。像佈景板。

要求拍合照的人，在活潑少女之後，輪到姐姐級的，最後媽媽級的也加入了。

極似狂熱的樂迷想跟偶像拍照，前仆後繼的氣氛，完全可以互相感染。姜昕當然是不會錯過的。也許母親看了自己跟法師的合照，會倍加高興。

一個又一個善信跑到法師身邊拍合照的時候，姜昕留意到身邊一個白髮蒼蒼的老婦人，看得完全入神了。

到底是哪條神經突然觸動了姜昕一下？總之她突然用手肘捅了一下老婦人，第一下沒有反應，她再輕輕捅了一下，這一下老婦人有反應了，微微轉過頭來，姜昕連忙輕聲對她說：「你也去拍一張？」

姜昕直覺上認定這位老婦人一定不肯。事實上她的這一問在潛意識裏應當全然出於好玩心理。

但是，在老婦人的微妙反應中，就是年紀輕輕的她，也看出了老婦人有着很濃烈的期待，只需要別人再鼓動一下。

應該是一個少女天真未泯所起的良性作用，憑着她少女的敏捷和機靈，覷了一個空檔，在還沒有人上前之前，已大聲叫喊：「我們來了。」然後委托身邊的人代拍照，自己扶着老婦人向前。

一個活力十足的少女，很快就會把放生的事忘得一乾二淨。

幾天後的一個晚上，當媽媽知道她把放生的過程拍了下來，就要求一起分享。重溫了以後，姜昕才察覺到，她所拍到的，都是很搞笑的。直至看到了最後一個鏡頭，她的嬉笑聲突然停止了。

姜昕看到了一張臉，和一雙合十的手。整張臉是如此虔誠！但虔誠只是一層透明的薄膜，底下才是真正的內容，那是無邊無際的無助。

姜昕看到老婦人臉上的每一條皺紋，都像是一雙合十祈禱的手，姜昕由此好像看到了老婦人這一生無窮無盡的苦難和委屈。老婦人所有的苦難和辛酸都捂在她的合十雙手裏了。

老婦人，從她在照片中的神情來看，一定相信，有了法師在身邊，這些苦難從此都可以化解在合十的雙手裏。但老婦人合十的雙手實在盛不下這整整一生所承受到的磨難，溢出手心，同時又表現在臉上，於是讓姜昕看到了。

姜昕真的看到了，在照片拍下的剎那，老婦人一定在作最虔誠的祈禱，而且感覺到都應驗了。於是姜昕發現老婦人本來老得很模糊的面目，變得清晰了。世界上沒有哪個人比她更虔誠了，而且在那滿臉的苦相中，一點一點的寬慰神態慢慢流露了出來。

一個多複雜的神情，姜昕真的可以看到臉上所蘊含的虔誠、無助，還有最後的寬慰。

姜昕連忙轉過頭去，害怕母親看見她莫名其妙淌下的淚水。

姜昕非常相信，自己的成熟，就是從老婦人的這個神情開始的。她一直把手機拍照當是情趣，即使是跟友伴去吃一頓飯，也習慣把滿枱的菜色拍下來。

現在她覺得這樣做真的有點幼稚，她的心應當裝點較正經的事了。

一切機遇都是那麼神奇，而且又是那麼不可思議，最虔誠的神情是老婦人給她的，然而要不是她的那個心血來潮，就沒有機會看到這個神情。那麼，這又是她自己撿來的，是自己的善心給的機會。

香港藝術發展局
Hong Kong Arts Development Council 資助

香港藝術發展局全力支持藝術表達自由，
本計劃內容並不反映本局意見。

本創文學 10

# 我的世紀

作　　者：許榮輝
策劃編輯：黎漢傑
責任編輯：余可婷
文字校對：聶兆聰
美術設計：Gao & Kui (AIR GARDEN)
法律顧問：陳煦堂　律師

出　　版：初文出版社有限公司
電郵：manuscriptpublish@gmail.com

印　　刷：陽光（彩美）印刷公司

發　　行：香港聯合書刊物流有限公司
香港新界大埔汀麗路 36 號
中華商務印刷大廈 3 字樓
電話：(852) 2150-2100　傳真：(852) 2407-3062

臺灣總經銷：貿騰發賣股份有限公司
地址：新北市中和區中正路 880 號 14 樓
電話：886-2-82275988
傳真：886-2-82275989
網址：www.namode.com

版　　次：2018 年 9 月初版
國際書號：978-988-78668-2-4
定　　價：港幣 88 元　新臺幣 310 元

Published and printed in Hong Kong

香港印刷及出版
版權所有，翻版必究